Malaika
FORÇA DO CONGO

Cassiana Pizaia
Rima Awada Zahra
Rosi Vilas Boas

Ilustrações de
Raemi

© Editora do Brasil S.A., 2022
Todos os direitos reservados
Texto © Cassiana Pizaia, Rima Awada Zahra e Rosi Vilas Boas
Ilustrações © Raemi

Direção-geral: Vicente Tortamano Avanso

Direção editorial: Felipe Ramos Poletti
Gerência editorial: Gilsandro Vieira Sales
Gerência editorial de produção e design: Ulisses Pires
Edição: Paulo Fuzinelli e Aline Sá Martins
Apoio editorial: Maria Carolina Rodrigues, Suria Scapin e Lorrane Fortunato
Supervisão de design: Dea Melo
Design gráfico: Carol Ohashi/Obá Editorial
Edição de arte: Daniela Capezzuti e Gisele Baptista de Oliveira
Finalização de cenários: Luiz Octávio Drumond
Supervisão de revisão: Elaine Silva
Revisão: Andréia Andrade e Júlia Castello Branco
Supervisão de controle de processos editoriais: Roseli Said

Dados Internacionais de Catalogação na Publicação (CIP)
(Câmara Brasileira do Livro, SP, Brasil)

Pizaia, Cassiana
  Malaika : força do Congo / Cassiana Pizaia, Rima Awada Zahra, Rosi Vilas Boas ; ilustrações de Raemi. -- 1. ed. -- São Paulo : Editora do Brasil, 2022. -- (Mundo sem fronteiras)

  ISBN 978-85-10-08536-6

  1. Congo (República Democrática) - História - Guerra civil - Literatura infantojuvenil 2. Congo (República Democrática) - Literatura infantojuvenil I. Zahra, Rima Awada. II. Vilas Boas, Rosi. III. Raemi. IV. Título. V. Série.

22-109275   CDD-028.5

Índices para catálogo sistemático:
  1. Literatura infantojuvenil   028.5
  2. Literatura juvenil   028.5
    Cibele Maria Dias - Bibliotecária - CRB-8/9427

2ª edição / 6ª impressão, 2025
Impresso na HRosa Gráfica e Editora

Avenida das Nações Unidas, 12901
Torre Oeste, 20º andar
São Paulo, SP – CEP: 04578-910
Fone: + 55 11 3226-0211
www.editoradobrasil.com.br

A todas as meninas e mulheres que sofrem diariamente com graves violações de seus direitos e lutam para abrir novos caminhos para todos no lugar onde nasceram ou escolheram viver. Em memória de Moïse Kabagambe, refugiado congolês que chegou com a família ao Brasil aos 14 anos e teve seus sonhos violentamente interrompidos.

— *Itakuwa nzuri*, vai dar tudo certo — disse minha mãe bem baixinho. Sempre que algo novo estava para acontecer, algo que me deixava assustada ou com medo, ela repetia aquelas palavras.

No começo, eu ficava tranquila e respondia rápido *"ndiyo, mama*, sim, mamãe". Depois de um tempo, um tempo em que aconteceram muitas coisas difíceis de contar, eu não tinha mais tanta certeza. Mas ainda assim o *"itakuwa nzuri"* da minha mãe me acalmava. Como uma reza, um desejo.

Olhei para ela. Mesmo quando a boca falava de esperanças, eu sabia que os olhos de minha mãe diziam o que as palavras não podiam. De algum jeito, eles me preparavam, pelo menos um pouquinho, para o que realmente aconteceria. E era sempre bom estar precavida.

Mas, dessa vez, estava escuro demais para ver o rosto da minha mãe. Ela segurava forte a minha mão e seguia com o passo acelerado. Na outra mão, levava uma mala com roupas e um pouco de comida. Shafira caminhava a meu lado. Podia sentir a mão dela no meu braço, sua respiração ofegante. Sabia que, para minha prima, aquela viagem era ainda mais assustadora.

    Caminhamos assim até a beira d'água. Só ali, bem perto, percebi como o navio era alto e grande, bem diferente das barcaças que desciam o Rio Congo levando madeira, mantimentos e pessoas. A estreita escada de metal que levava até o convés parecia não ter fim, mas eu não tive tempo de sentir medo. Apenas segurei firme nas cordas e tentei não olhar para baixo.

    Estava quieto no convés àquela hora. Parecia não haver mais ninguém por lá além do homem de boné claro que caminhava em silêncio à nossa frente. A mochila pesava em minhas costas, mas andei o mais rápido que pude.

    Eu sabia que aquelas águas não eram do grande rio que corta meu país. Estávamos no mar, no porto de onde saíam os grandes navios que atravessavam os oceanos rumo a terras muito distantes. Foi o que minha mãe me explicou naquela manhã, quando arrumávamos nossas coisas para a viagem.

    — Vai ser uma viagem muito longa, Malaika, mas é maravilhoso estar no mar e nunca enxergar o fim dele — disse ela.

    Eu sempre pensei que minha mãe tivesse passado a vida inteira no Kivu, uma região bem longe do oceano, onde eu morei a minha vida toda. Talvez o mar fizesse parte das histórias antigas dela. Histórias cheias de segredos que eu ia descobrindo aos poucos durante aquela viagem tão comprida.

    — Nós vamos atravessar este mar enorme e começar uma vida melhor na terra que fica lá do outro lado — continuou ela.

Uma vida melhor. Não era mesmo uma boa vida correr de um lado para o outro, dormir longe de casa, sentindo medo o tempo todo.

– Que terra é essa, *mama*? – perguntei.

Ela terminou de dobrar uma blusa, ajeitou uma bolsinha em um dos cantos da mala e fechou o zíper. Daí me olhou e deu um sorriso.

– Ainda não sabemos. Mas vai ser bom descobrir, não é mesmo?

Eu sabia que ela tinha razão. Mesmo depois de tudo que passamos, eu tinha descoberto coisas incríveis em nossa viagem pelo Congo. Coisas que nunca saberia se tivesse ficado apenas no Kivu.

Tentei me lembrar disso no navio, quando o medo e o movimento começaram a embrulhar meu estômago. Minha mãe me colocou para dormir, me deu uma garrafa de água e uma manta.

– Amanhã arrumamos melhor nossas coisas – disse baixinho. Depois, afagou de leve meus cabelos e me deu um beijo. – Vai ser uma grande aventura.

Eu me encolhi sob a coberta, fechei os olhos e, em silêncio, dei um adeus doído ao único mundo que conhecia.

Uma aventura. Um barco. Uma terra distante. Um oceano inteiro enchia minha cabeça. Na escola, quando a professora falava sobre outros países, eu sempre imaginava como seria bom conhecer todos aqueles lugares diferentes.

Ainda assim, eu não podia me esquecer. Para chegar àquele mundo novo, teria de deixar meu pai, Rafiki, Mbwana, e ficar ainda mais longe das pessoas que amava.

Por isso, quando a luz se apagou e a voz baixa da minha mãe foi ficando cada vez mais distante, as ondas do mar se misturaram a outras águas, mais profundas e queridas. Dentro dos sonhos, eu podia voltar ao meu lugar preferido no mundo. E brincar com Rafiki na beira do grande lago que, há tanto tempo, eu tinha deixado para trás.

• • •

Até ser obrigada a sair às pressas de minha cidade, eu achava que minha vida caberia para sempre entre o lago e o vulcão.

Minha mãe dizia que, na verdade, eu já tinha saído de Goma. Mas, na última vez que o vulcão Nyiragongo acordou e nós fugimos, eu ainda estava na barriga dela e só sei o que me disseram.

Então, até os 10 anos, eu só conhecia aquele pedaço do mundo do leste do Congo, perto da fronteira com Ruanda, quase no centro da África.

O Kivu não é um lago comum, desses pequenos que existem em muitos lugares. Mesmo Goma, que é a capital da minha província, fica pequenina perto dele. As águas começam na beirinha da cidade e chegam tão longe que, lá do outro lado, se misturam com montanhas azuladas que nem parecem ser de verdade.

O Kivu é um dos Grandes Lagos Africanos. Eles se formaram há milhões de anos no meio da África e suas águas alimentam rios enormes, como o Nilo e o Congo. É tão importante que o nome da minha província é Kivu do Norte, e a terra que começa do outro lado é chamada de Kivu do Sul.

O lago fazia parte da nossa vida de todo dia, de um jeito que Goma não seria Goma sem aquela imensidão de água fresca logo ali. Era também o lugar aonde eu mais gostava de ir com Rafiki, pelo menos nos dias em que ele estava com paciência para brincar e conversar comigo.

— Sabe que o Kivu pode explodir a qualquer hora? — me disse Rafiki em um desses dias, enquanto descascava uma laranja com um pequeno canivete meio enferrujado. Meu irmão me olhou de um jeito engraçado, e eu fiquei na dúvida se ele falava a verdade ou vinha com mais uma de suas histórias para me provocar.

Desde que meu irmão mais velho, Mbwana, tinha ficado grande o suficiente para passar mais tempo fora de casa, era Rafiki quem cuidava de mim quando meus pais estavam trabalhando.

Ele era dois anos mais velho do que eu e sabia muitas coisas. Mas não gostava de ensinar com cuidado, do jeito que Mbwana e os adultos faziam. As palavras de Rafiki pareciam sempre esconder alguma coisa. Às vezes, essa coisa era engraçada. Outras vezes, meio assustadora.

Nós estávamos sentados em uma pedra grande, um pouco depois do fim da rua, em um ponto mais alto da orla. Era um dos poucos pedacinhos que não estavam ocupados pelos casarões e hotéis onde ficavam os estrangeiros. Dali, dava para ver as varandas brancas com telhados cor de prata e os gramados verdes chegando até a água.

Há muitos estrangeiros e organizações internacionais em Goma. A maioria fica ali no centro, o lugar mais bonito da cidade, onde as ruas são asfaltadas e um canteiro com palmeiras enfeita a principal avenida. Minha mãe dizia que essas organizações estavam aqui para resolver os problemas que o governo não consegue. Problemas que estão longe dos jardins e prédios de tijolos do centro da cidade.

— Pare de contar mentira, Rafiki! — eu quase gritei.

— É verdade, sua boba — ele respondeu. — Já aconteceu em um lago parecido que fica em Camarões. Um dia, todas as pessoas que viviam em volta dele amanheceram mortas. Dizem que foram envenenadas pelos gases que saíram do fundo do lago.

— É verdade mesmo? — perguntei, assustada.

— Sim, claro — disse ele, com o rosto sério —, viver aqui é muito perigoso.

Eu nunca tinha ouvido aquela história. Também não confiava no que Rafiki dizia. Ele adorava me assustar e dar risada depois. Achei melhor ficar quieta, vendo os barcos deslizando na água e comendo frutas até mamãe nos chamar para ir embora.

Mas aquilo não saiu da minha cabeça. Se você olhar o mapa, vai ver que o Congo é um dos maiores países da África e tem fronteiras com vários países. Camarões é um deles e não fica tão longe assim.

Após o almoço, eu esperei Rafiki sair de casa e fui atrás do meu pai. Era sábado e ele aproveitava os dias de folga para trabalhar em casa.

Eu me sentei do outro lado da mesa, em frente a um monte de cadernos e folhas de papel. Meu pai era professor na escola do nosso bairro e trazia os trabalhos dos alunos para corrigir em casa.

— *Baba?* — chamei.

– O que foi, *mpenzi*? – ele respondeu sem me olhar.

Fazia dias que o meu pai não me dava atenção. Chegava tarde em casa e ficava conversando em voz baixa com mamãe enquanto ela picava a mandioca ou cozinhava o feijão.

Mas, dessa vez, ele parou de escrever e levantou a cabeça. Sempre que estava de bom humor, ele me chamava assim. *Mpenzi* significa querida na língua suaíli, que falamos no Kivu.

Tomei coragem e contei a história de Rafiki.

– É verdade que o lago pode explodir, *baba*?

Papai pensou um pouco. Com as sombras desenhadas sob seus olhos pela luz fraca da lâmpada, ele parecia mais velho do que era, e a pequena linha entre os olhos dele se aprofundava. Mesmo assim, tive a impressão de que algo no rosto dele relaxou.

– Uma parte dessa história é verdadeira, sim, *mpenzi* – respondeu. – Lá no fundo do Lago Kivu, existe uma quantidade muito grande de dióxido de carbono e metano dissolvido na água. Esses gases se formaram há muito tempo e podem fazer mal às pessoas. Hoje o lago funciona como uma tampa, e eles não podem subir.

Eu ainda não tinha aprendido sobre gases, e aqueles nomes todos me deixaram um pouco confusa e com medo.

Lembrei-me do dia em que fui com Mbwana comprar peixes em um local mais afastado do centro. Os pescadores iam e vinham em pequenas canoas feitas de um único tronco de madeira. Homens e mulheres também entravam na água até os tornozelos para encher grandes galões alaranjados de plástico.

Em nossa região, muitas pessoas não têm uma torneira em casa e precisam tirar água do Kivu para tomar, cozinhar e fazer todas as outras coisas. Algumas vêm de longe e voltam com os galões pesados amarrados na bicicleta. Era estranho pensar que aquela água tão importante poderia nos fazer mal.

Uma bolha de gás mortal começou a subir das funduras da minha imaginação, mas o ruído do lápis sobre o papel me chamou a atenção. Papai já tinha voltado a fazer anotações nas folhas.

— Vai brincar, *mpenzi* — disse ele.

Eu obedeci. Mais do que as palavras, foi o jeito dele que me tranquilizou. Se o Lago Kivu não preocupava meu pai, eu não precisava pensar mais no assunto.

• • •

Hoje eu sei que o perigo estava mesmo muito perto naquele dia.

Mas a ameaça não vinha dos gases tóxicos do Lago Kivu nem do vulcão mais ativo da África, que eu via todos os dias no caminho para a escola.

Viver tão perto de um vulcão pode parecer assustador, mas eu sempre achei bonita aquela montanha imensa no horizonte. Mesmo que, de tempos em tempos, ela soltasse fumaça e poeira e os mais velhos olhassem para o pico com preocupação.

Já contei que foi por causa do vulcão que eu saí de Goma pela primeira vez, ainda na barriga da minha mãe.

— Quando o rio de lava desceu a montanha, quase todo mundo que morava por perto fugiu — contava minha mãe.

— Do alto até aqui, são apenas vinte quilômetros, e nós tivemos de correr. Só levamos o que dava para carregar nas mãos.

Ela me disse também que aquela massa incandescente passou por cima da cidade e só parou no lago, no meio de uma grande nuvem de vapor. Quando a erupção parou, a lava mole e vermelha endureceu e se transformou nas pedras e na terra preta que cobrem os bairros deste lado de Goma.

O governo usou aquelas pedras para fazer novas ruas e estradas. No centro, construíram casas bonitas, prédios de tijolos e canteiros. No meu bairro, os moradores ergueram novas casas com tábuas de madeira. Mas as ruas continuaram do jeito que o vulcão deixou, cobertas pela matéria escura e feia que veio do fundo da terra.

Já fazia tempo que o Nyiragongo não incomodava. Talvez por isso eu quase não sentisse medo. Tinha mais era curiosidade. Eu achava que o topo plano daquela montanha era o lugar mais alto do mundo. E imaginava como seria estar lá em cima, com o lago e o Kivu inteiro no horizonte.

Mbwana dizia que um dia me levaria até o topo. Ele conhecia bem o caminho porque já tinha ajudado a guiar turistas estrangeiros pela região.

— Perto da borda, dá para ver o lago de lava borbulhando no fundo da cratera e os jatos de vapor escapando das pedras — dizia ele.

Meu irmão gostava de sair da cidade. Costumava falar dos animais e das florestas do Parque Virunga, onde ficam o vulcão e uma porção de terra da qual não se pode cortar árvores nem matar os animais.

— Quase metade de todas as espécies animais da África são encontradas em matas, campos e lagos do parque, Malaika. Elefantes, leões, hipopótamos e muitos outros bichos – dizia Mbwana. – O gorila-das-montanhas, um dos maiores primatas que existem, só vive nesta região e corre risco de extinção.

Quando meu irmão falava de Virunga, os olhos dele voavam para longe. Ele queria estudar Biologia e ajudar a proteger todos aqueles animais. Acho que é por isso que deixou de se preocupar comigo. A floresta e os grandes gorilas eram mais importantes para ele.

Enquanto isso, eu continuava a ver o vulcão apenas de longe. De perto, somente aquele chão escuro onde Jena e eu brincávamos de esconder com as crianças da rua.

• • •

A família de Jena morava quase em frente à minha casa, e nós éramos amigas há tanto tempo que eu nem precisava chamá-la. Era só atravessar a rua e abrir o pequeno portão de madeira que dava para o quintal da casa dela.

— *Salamu*, bom dia, Malaika — cumprimentou a mãe de Jena. Ela também tinha acabado de chegar e carregava um saco pesado de carvão.

— *Salamu* — respondi enquanto a ajudava a colocar o saco em um canto da cozinha.

A mãe de Jena agradeceu e começou a pôr os pedaços de carvão no pequeno fogão de ferro enegrecido. Como a maioria das famílias de Goma, ainda usavam a lenha ou o carvão para cozinhar. Pouca gente podia comprar um fogão e um botijão de gás.

Depois de acender o fogo e lavar as mãos, a mãe de Jena pegou uma panela no armário e me avisou:

— Jena está lá nos fundos. Por que não vai até lá?

Eu agradeci e saí correndo pela porta da cozinha. Tinha tanta pressa para contar à Jena sobre minhas descobertas do Lago Kivu, que quase esbarrei em Rafiki no meio do terreno.

— Cuidado, Malaika, que correria é essa? — ele resmungou de mau humor.

Só então reparei que ele segurava um *chukudu* novinho em folha. Abaixado ao lado dele, Dan, o irmão mais velho de Jena, terminava de encaixar uma roda polida de madeira na parte de trás do veículo.

Passei por eles bem quietinha e fui me sentar com Jena no muro baixo de pedras negras que separava o quintal dela da casa vizinha. Dan ajustou as tiras de borracha que mantinham o guidão bem preso e depois checou todos os encaixes. Em um bom *chukudu*, todas as partes se encaixam perfeitamente sem precisar de parafusos.

O irmão de Jena frequentou a escola por pouco tempo, porque a família dele não tinha dinheiro para pagar as taxas. Mas aprendeu com o pai a trabalhar com a madeira e se tornou um dos fabricantes de *chukudu* mais procurados da cidade. Com o dinheiro, Dan ajudava a pagar a escola de Jena.

Os moradores de Goma inventaram o *chukudu* em uma época em que não havia veículos motorizados. Parece um pouco com uma bicicleta ou um patinete, mas é todo feito de madeira bem resistente e pode transportar cargas pesadas.

Ainda hoje, com o trânsito congestionado de carros e motos, muitas pessoas usam o *chukudu* para trabalhar, porque ele é resistente e mais barato.

Dan colocou o joelho sobre o corpo do *chukudu* e deu impulso com a outra perna. As rodas funcionaram perfeitamente e ele desapareceu pela lateral da casa em direção à rua. Rafiki correu atrás dele.

Assim que os meninos saíram, Jena ficou em pé e começou a andar devagar sobre o muro.

— Você sabia que tem gente fugindo da cidade? — perguntou, equilibrando-se com os braços abertos.

Eu me levantei também e comecei a segui-la com cuidado sobre as pedras irregulares. Percebi logo que não valia a pena contar a história do lago. Como sempre, Jena tinha um assunto mais interessante.

— Minha mãe deixou até umas sacolas prontas para a gente levar se precisar sair às pressas.

Eu não soube o que responder. Jena estava acostumada a ouvir a conversa dos mais velhos e sempre sabia mais do que eu sobre os assuntos que preocupavam os adultos.

Mas me veio à cabeça a voz da minha mãe naquela manhã, quando papai saía para o trabalho.

— *Jihadhari*, tome cuidado — ela disse quando ele passou pelo portão com a pasta embaixo do braço.

Meu pai parou um instante e olhou para a esquina. Do outro lado da rua, perto do mercadinho, um grupo de homens com farda conversava. Eram soldados da Fardc, as Forças Armadas do Congo. Ele se virou de novo para ela, mexeu os lábios em um "vai ficar tudo bem" e seguiu apressado para o trabalho.

O estranho era que a escola ficava a duas quadras de casa e não havia muita coisa para se tomar cuidado, pelo menos durante o dia. Eu mesma fazia aquele caminho todas as tardes com outras crianças da rua.

Na hora, não me importei muito com o "*jihadhari*", o tom da voz da minha mãe ou o olhar de papai. Era comum os soldados aparecerem por ali. Mas, depois do que a Jena disse, as peças começaram a se encaixar na minha mente como em um *chukudu*.

— Os grupos armados estão perto daqui. Faz meses que a situação vem piorando, Malaika. As estradas estão cheias de gente que fugiu das aldeias — disse ela.

Jena continuava andando pelo muro, e eu só podia ver suas costas, mas percebi, pelo seu jeito de falar, que minha amiga estava mesmo preocupada.

Eu sabia dos ataques às aldeias. Quem não sabia? Eles aconteciam há anos em toda a região do Kivu. Desde pequena, eu escutava pedaços dessas histórias na escola e na rua. Histórias terríveis sobre pessoas machucadas, sequestros e mortes.

Muitas das famílias que sobreviviam aos ataques acabavam se mudando para Goma. Elas se sentiam protegidas pela grande cidade, pelo lago e até pelo Nyiragongo. Talvez confiassem também nos capacetes azuis, os soldados da ONU.

Foi assim com a família de Jena. Antes de morar em frente à minha casa, viviam no norte do Kivu, e tiveram de fugir quando o local foi atacado.

— Minha família tem medo de que aconteça de novo – disse ela –, por isso deixamos tudo pronto.

Jena tinha pulado do muro. Eu me sentei ao lado dela no degrauzinho irregular que dava para a porta da frente.

— Eles não vão entrar em Goma – respondi. – O exército e os soldados da ONU não vão deixar.

Eu acreditava realmente nisso. Nossa cidade era grande e forte, bem diferente das pequenas aldeias indefesas no meio das montanhas. Mas minha amiga apenas balançou a cabeça.

— Se invadirem mesmo Goma, para onde a gente vai, Malaika?

Eu tentei pensar em uma resposta, mas não encontrei nenhum lugar para ir além das ruas e casas do meu bairro e da parte do centro de Goma que eu conhecia.

Para mim, os conflitos no Kivu se pareciam um pouco com o vulcão Nyiragongo. Você ouve tanto falar do perigo que acaba se acostumando e acha que nunca vai acontecer com você. Eu só entendi realmente a preocupação de Jena muito tempo depois. Mas aí minha vida já tinha virado de cabeça para baixo e não dava mais para desvirar.

• • •

Muitos dizem que tudo começou em 1994, com a guerra civil em Ruanda. Outros, que a culpa é dos colonizadores belgas. E outros que os belgas só pioraram as coisas. Seja como for, a guerra sempre parece começar perto da minha casa.

Goma está colada na fronteira. Se você seguir direto pela avenida que acompanha o lago, entra em Guissenhi, em Ruanda, sem nem perceber. Com meia hora de ônibus se chega a Kigali, a capital do país vizinho. É por isso que as coisas ruins que acontecem lá acabam chegando no Kivu também.

Em 1994, os *hutus* de Ruanda começaram a perseguir as pessoas da etnia *tutsi*. Quando pararam, milhares haviam morrido. Muitos sobreviventes atravessaram a fronteira e se esconderam no Congo.

Na escola, chamam o que houve em Ruanda de genocídio. Depois, os *tutsis* assumiram o governo e começaram a perseguir os *hutus*. Para escapar, eles também entraram no Congo. Entre esses *hutus*, havia muitos que tinham participado dos assassinatos durante o genocídio.

Depois que os conflitos em Ruanda chegaram ao meu país, vários outros grupos armados começaram a aparecer, além dos *tutsis* e *hutus*, que viviam aqui há muito tempo.

Os congoleses de outras etnias, que não tinham nada a ver com essa história, acabaram criando suas próprias milícias para se proteger também. Milícia é um grupo que luta usando armas, mas não é da polícia nem do exército.

Papai diz que as milícias são iguais às ervas daninhas. Se você não arranca no começo, fica muito difícil de controlar. É por isso que a guerra terminou do lado de lá da fronteira, mas nunca mais parou do lado de cá.

— As ervas daninhas só se espalham quando existe espaço livre para elas, *binti*, filha — ele me explicou um dia.

Era fim de tarde de um domingo comum lá em casa. O Sol se escondia atrás das casas e uma claridade amarelada iluminava o rosto do meu pai, que usava uma enxada para tirar tufos de mato que cresciam nos fundos do nosso quintal.

Eu olhava sua sombra, comprida e fina, sobre os canteiros, pensando em Jena. Aquela conversa tinha começado por causa dela. Minha amiga era uma *banyarwanda*, como chamam os que têm origem em Ruanda. Na casa dela, ainda falavam o idioma de lá, mas ela, os irmãos e os pais tinham nascido no Congo. Eu não conseguia acreditar que aquela família, que me tratava tão bem, podia ser a causa dos nossos problemas.

— Verdade que as guerras no Congo começaram por causa dos ruandeses, *baba*? — perguntei.

Papai tinha terminado de carpir e remexia a terra, preparando um canteiro de verduras. Eu tinha me sentado em um toco de madeira perto do canteiro com um pacotinho de sementes na mão.

— O genocídio em Ruanda piorou tudo, claro. Mas as sementes da guerra já estavam nas terras do Congo muito antes deles — ele respondeu.

Eu gostava de conversar com o meu pai assim, quando estávamos sozinhos trabalhando juntos no quintal. Àquela hora, meus irmãos costumavam jogar bola com os amigos no campinho de terra do nosso bairro e minha mãe adiantava algum trabalho da semana.

— Quem plantou essas sementes, *baba*?

Ele se abaixou diante da horta, com os joelhos sobre um pedaço encardido de papelão, e começou a abrir covinhas na terra com uma pá bem pequena de alumínio.

— É uma história comprida e triste, *mpenzi*. Mas muitas delas foram plantadas pelos europeus que chegaram aqui no século XIX.

Eu me agachei ao lado dele, coloquei uma semente no buraquinho, depois outra, cobrindo cuidadosamente cada uma com terra. Longe dos outros, meu pai falava com mais calma, explicava tudo de um jeito que eu conseguia entender.

— Em 1884, um grupo de governos estrangeiros dividiu entre si o Congo, que ainda não era um país como conhecemos hoje — explicou ele. — Uma parte grande ficou para o rei Leopoldo II, da Bélgica. Ele virou dono da nossa terra, como este quintal aqui é da nossa família.

Papai contou que Leopoldo II, então, distribuiu as terras a seus amigos e trouxe estrangeiros para tirar daqui o marfim, a borracha e outras riquezas da época. Ele também atacou os reinos que já existiam no Congo e forneceu armas para uma tribo guerrear com as outras que não fizessem o que ele mandava.

— O pior foi o que fizeram com os trabalhadores congoleses. Quem se recusava a trabalhar para ele e seus amigos ou não conseguia fazer o que pediam, podia ser morto ou ter as mãos cortadas.

As mãos cortadas. Como um rei podia ser tão cruel com pessoas que não fizeram nenhum mal para ele? Lembrei-me de que, uma vez, mostraram uma foto dessas na escola. A imagem em branco e preto, muito antiga, mostrava um homem e uma mulher, quase sem roupas, sem as duas mãos.

— Foi um período terrível, Malaika. Milhares de congoleses morreram ou ficaram mutilados, mas até hoje pouca gente sabe disso fora do Congo — continuou ele, sem tirar os olhos da terra.

— E ninguém fez nada para impedir o rei Leopoldo, *baba*?

— Mais de vinte anos depois, as atrocidades dele vieram à tona — respondeu ele. — Mas, em vez de devolver o Congo para os congoleses, entregaram o país ao governo da Bélgica. Os belgas continuaram vendendo terras para estrangeiros e trouxeram milhares de ruandeses para trabalhar nas fazendas e minas dos europeus. Enquanto isso, os congoleses eram proibidos de comprar terras. A situação dos ruandeses imigrados também nunca ficou clara. E as dúvidas alimentaram os conflitos.

Meu pai tinha se erguido e aguava o canteiro novo com nosso velho regador de plástico. Eu sabia que os avós de Jena vieram trabalhar no Congo muitos anos atrás. Mas os problemas da família dela nunca acabaram.

— Uma hora o governo diz que somos cidadãos do Congo, que podemos ter nossas terras e participar das eleições. Depois, muda tudo e querem nos empurrar para o outro lado da fronteira — dizia Jena sempre que chegava alguma notícia ruim para a família dela.

Finalizado o trabalho, papai passou a contemplar o céu onde o Sol terminava de se esconder atrás das casas, colorindo as poucas nuvens acima do horizonte.

– Mesmo depois da independência, o governo do Congo nunca resolveu direito os problemas de terra. O primeiro-ministro Patrice Lumumba defendia a união entre as etnias do Congo e os povos da África para conseguir a libertação do domínio estrangeiro, mas foi deposto e assassinado com a participação de belgas e americanos.

Eu olhei para nosso canteiro novo, cheio de boas sementes. Logo as primeiras folhas estariam brotando na terra. Se cuidássemos bem delas, dentro de algumas semanas poderíamos colher verduras frescas e gostosas para nossa família comer.

Fiquei pensando nas sementes ruins que infestavam a terra do meu país. Sementes que só geravam raiva, dor e morte. Será que um dia conseguiríamos arrancar todas elas e plantar apenas as sementes boas, como meu pai e eu tínhamos acabado de fazer?

– Acho que terminamos, *mpenzi* – disse ele, admirando o canteiro.

Naquele momento, lavando as mãos e os pés sujos de terra na torneira do quintal, eu me sentia tranquila e segura. Não podia saber que, quando chegasse a hora, eu não estaria ao lado do meu pai para fazer a colheita.

Várias vezes após esse dia, quando as coisas ficavam difíceis de entender, eu me lembrava das sementes ruins na terra do Congo. Mas, junto com as histórias tristes, eu ouvia também a voz suave de meu pai, via seu jeito tranquilo de plantar e me explicar aquelas coisas. Então a tristeza se misturava com saudade. E o sentimento que me esquentava o peito era maior do que aquele céu que se apagava aos poucos.

Talvez, como nas histórias inventadas que eu lia nos livros, uma daquelas sementinhas que papai plantou com tanto cuidado tenha se desgarrado da terra e se mudado para dentro de mim.

• • •

No dia seguinte, acordei com a voz de minha mãe.

— Se arrume rápido, Malaika, hoje você vai comigo para o trabalho.

Achei que não tinha ouvido direito. Pela manhã, eu costumava ficar com Rafiki para ajudar a limpar a casa e preparar o almoço. Não era comum acompanhá-la ao escritório. Na verdade, tinha ido até lá apenas duas ou três vezes e sempre aos sábados, quando não tinha quase ninguém trabalhando.

Mas, quando minha mãe falava naquele tom, era melhor fazer primeiro o que ela mandava e perguntar o motivo depois. Saí rápido da cama, vesti a roupa que costumava usar aos domingos e prendi os cabelos. Não havia tempo para tranças.

— Você não vai para a escola hoje — disse ela enquanto eu tomava uma xícara de chá perto do fogão.

Eu queria perguntar o motivo, mas nem tentei, porque ela não estava mais prestando atenção em mim. Papai já havia saído e ela andava de um lado para outro, arrumando coisas pela casa e falando com meus irmãos. Antes de sairmos, ela deu um beijo em Rafiki e disse para Mbwana:

— Não saiam de casa. O *baba* vai voltar antes do almoço.

Mbwana já estava bem mais alto que nossa mãe, e ela sempre falava com ele de um jeito mais sério. "Já é um homem", dizia sempre. Mas, dessa vez, meu irmão abaixou um pouco a cabeça, ela ficou na ponta dos pés e deu um beijo na testa dele também.

– Cuide de Rafiki – falou.

Quando passamos pela esquina, vi que os soldados não estavam mais lá. Na verdade, havia pouca gente na rua, e a maioria das janelas estava fechada. No centro, poucas lojas funcionavam. As calçadas, sempre cheias de vendedores de rua, também estavam vazias demais para um dia de semana.

Minha mãe trabalhava em uma organização não governamental estrangeira. Ela falava e escrevia bem em vários idiomas e ajudava os europeus e os americanos a entender as línguas do nosso país.

No Congo, existem quase duzentos grupos étnicos, a maioria com suas próprias tradições e línguas. Algumas são muito fortes nas aldeias ou cidades, outras estão morrendo com os mais velhos.

Em Goma moram pessoas de muitas etnias diferentes. Em casa ou com pessoas de seu povo, cada um fala uma língua. Nas ruas, a gente se comunica em suaíli, um dos quatro idiomas nacionais do Congo.

O suaíli é a língua mais falada no Kivu e no oeste do Congo. É usada também em muitos outros países africanos, como Quênia, Tanzânia e Uganda.

O lingala é o idioma da capital, Kinshasa, do exército e do governo. No oeste, se fala muito o quicongo. No centro do país, a língua mais falada é o tshiluba.

Eu sei que é um pouco difícil de entender isso quando você vive em um país onde todo mundo fala o mesmo idioma. No Congo, a gente vai aprendendo desde pequeno e, meio sem perceber, acaba falando ou entendendo muitas línguas diferentes.

Na escola, aprendemos a língua oficial do país, o francês, que veio dos colonizadores belgas. Nós sabemos a língua deles, mas eles não conhecem as nossas; por isso, minha mãe tem bastante trabalho.

A organização fica no primeiro andar de um prédio baixo perto da igreja. Um mercado e outras lojas pequenas funcionavam no térreo, abertas para a rua. Minha mãe abriu a grade metálica entre a padaria e a loja de roupas e subimos pela escada de madeira.

Havia várias pessoas no escritório. Uma delas eu conhecia bem. Henri era um rapaz alto e divertido que aparecia de vez em quando em nossa casa para almoçar. A família dele morava na capital, Kinshasa, e ele costumava dizer que nós éramos sua família em Goma.

— Malaika, como está? — cumprimentou Henri.

Nosso amigo conversou um pouco comigo, perguntou da escola e de meus irmãos. Mas havia algo diferente nele. Não parecia o Henri de sempre, que sorria com os olhos e os braços, as mãos sempre cheias de balas para as crianças.

Aquele sorriso de agora só vinha da boca mesmo e não combinava com o jeito parado, a voz seca, os olhos sérios dele. Rapidamente, Henri soltou minha mão e foi para o fundo da sala, onde um grupo conversava em voz baixa.

Antes de se juntar a eles, minha mãe me colocou em uma cadeira giratória perto da janela.

— Fique quietinha, está bem? Mais tarde te levo para comer no mercado — disse ela.

Eu gostava do mercado, das frutas maduras e cheirosas nas bancas, dos lanches nos domingos ensolarados antes de ir para o lago. Mas ainda não estava com fome, e o escritório, naquele momento, parecia um lugar mais interessante para explorar.

Estar no trabalho da minha mãe era tão bom que, por instantes, esqueci das palavras de Jena, do jeito estranho de Henri, dos motivos que me levaram a faltar à escola naquele dia. Apenas fiquei girando na cadeira, com os olhos fechados e as pernas estendidas, sentindo no rosto o ar fresco que entrava pela janela.

Já estava ficando tonta quando ouvi o estrondo. Meu corpo inteiro tremeu. O barulho era tão forte que entrou pelos meus ouvidos, pelas minhas costas, pelas pernas apoiadas na cadeira.

Coloquei os pés no chão e abri os olhos. Minha cabeça ainda girava, mas, pela janela, percebi um movimento diferente na rua. Os poucos vendedores de rua recolhiam às pressas as mercadorias das bancas, os comerciantes que haviam aberto as lojas baixavam as portas, pessoas passavam correndo.

Senti a mão da minha mãe no meu ombro antes que eu pensasse em procurar por ela. Os outros funcionários estavam agitados. Alguns tentavam falar ao telefone:

— Não funciona — disse um homem de cabelos brancos. — Não temos internet nem telefone.

— Está tudo fora do ar — disse minha mãe, mexendo em um computador na mesa ao lado.

O som de uma metralhadora fez todos correrem para a janela.

— Eles estão na cidade. O que vamos fazer? — todos falavam ao mesmo tempo.

Na rua, uma mulher corria com um bebê amarrado às costas, arrastando um menino pequeno pela mão. Uma garotinha um pouco maior corria atrás dela. Quando a família virou a esquina, eles começaram a aparecer. Homens com roupas camufladas e armados com fuzis desceram de velhos jipes e ocuparam a rua e as calçadas, forçando as portas, tentando abrir as lojas fechadas.

Um grupo atravessou a rua e veio direto para nosso prédio. Ouvimos o barulho da grade sendo aberta e os passos subindo rapidamente as escadas que levavam ao escritório.

Antes que eles entrassem, minha mãe me empurrou para baixo da mesa com tanta força que bati a cabeça na quina de madeira. Era uma mesa fechada, dessas antigas, com as laterais chegando quase até o chão.

— Fique abaixada — sussurrou enquanto ouvíamos os gritos dos homens entrando na sala.

Encolhida ali embaixo, sentia minha têmpora latejar. Pela abertura de alguns centímetros, entre a lateral da mesa e o chão, eu só conseguia ver o couro escuro e sujo das botas deixando rastros de barro no chão claro da sala.

Pelos ruídos, percebi que abriam as gavetas e mexiam nos computadores e telefones.

— O que estão fazendo aqui? Para quem estão mandando mensagens? — eles gritavam. Era uma língua diferente das nossas, mas eu conseguia entender mais ou menos o que diziam.

— Calma, só estamos trabalhando — respondeu alguém.

Mas eles não se acalmaram. Continuaram a remexer em tudo, procurando alguma coisa, derrubando o que encontravam pela frente. Eu me encolhi o máximo que podia, com os joelhos no chão, com medo até de respirar mais forte. Minhas pernas dobradas já começavam a formigar, quando ouvi aquela voz. Ela vinha de muito perto e tinha um tom diferente das outras.

— Olhem só, que moça linda temos aqui!

O par de botas estava parado bem em frente à mesa. Sabia que o dono delas falava com minha mãe, que era a única mulher naquela sala. Parecia uma voz doce, e cheguei a pensar que estávamos salvas. Mas era um doce melado demais, como aqueles que passam do ponto na panela e ficam com gosto amargo. Por algum motivo, ela me deu mais medo do que os gritos dos outros homens.

Minha mãe não respondeu. Pela fresta, vi os pés se aproximando mais do lugar onde eu sabia que ela estava. A voz silenciou por um instante. Do outro lado da sala, chegava o ruído das portas dos armários batendo e coisas se quebrando.

— *Uache*! Pare! — alguém gritou em suaíli.

Era uma voz assustada, mas também forte, enérgica, muito diferente da suavidade de sempre. Ainda assim percebi logo que era dele. Henri.

– Deixem a mulher em paz! – ele gritou mais uma vez.

Por um instante, todas as vozes e ruídos desapareceram.

E, então, tudo aconteceu tão rápido que até hoje as coisas se misturam em minha mente. O som do tiro, os gritos, minha mãe me segurando pelo braço, nós duas correndo pela sala, o corpo caído no canto dos meus olhos. Depois as escadas, a luz e as sombras aceleradas da rua.

Corremos pela calçada, esgueirando-nos entre as bancas vazias. Viramos uma esquina, depois outra, escondendo-nos atrás dos carros, desviando dos homens de farda, que agora estavam por todo lado.

Já estava sem fôlego quando minha mãe me puxou para fora da calçada. Entrei tropeçando pela única porta aberta na rua.

• • •

Demorei para perceber onde estava. Ainda era dia, mas pouca luz entrava pelas frestas das janelas fechadas. O lugar estava vazio e silencioso. Na penumbra, eu percebia apenas os longos bancos de madeira escura, alinhados.

– Fique quieta aqui. Vou procurar ajuda – disse minha mãe, desaparecendo logo depois por uma porta lateral.

Aos poucos, meus olhos começaram a se acostumar com o escuro. Lá na frente, a luz fraca de uma vela desenhava os contornos de uma mesa, algumas imagens que pareciam de santos, um vaso grande. Tínhamos buscado refúgio em uma igreja.

Minha mãe voltou logo, acompanhada por um homem baixo, com roupas escuras e óculos grandes.

— Padre, esta é minha filha, Malaika — ela disse.

— Olá, Malaika, seja bem-vinda — disse o padre com um movimento de cabeça.

Ele nos levou para uma casa que ficava nos fundos do terreno da igreja e mostrou um quarto pequeno com duas camas simples, mas arrumadas com lençóis brancos bem passados. Lá dentro também estava meio escuro, as lâmpadas não acendiam e as janelas estavam bem trancadas.

— Fiquem à vontade — ele disse.

Depois que o padre saiu, minha mãe se sentou a meu lado e me abraçou. Eu não conseguia falar nem chorar, mas o calor dela fez meu coração parar um pouco de pular, como se eu ainda estivesse correndo na rua, fugindo dos homens e dos tiros.

Ficamos caladas por muito tempo. Minha mãe só me largou quando nos trouxeram uma vela, um jarro d'água e um prato de cozido. Ela comeu um pouquinho e me deu todo o resto. Eu tinha ficado o dia todo sem almoço, mas só lembrei disso na primeira garfada. Raspei o prato.

Aquela foi minha primeira noite fora de casa. A primeira em que deixei de acreditar que paredes e tetos podiam me proteger. Em que só confiei nos braços de mamãe para cuidar de mim quando o som das metralhadoras parecia próximo.

Dormi mal. Tinha receio de fechar os olhos e ver de novo os pés sob a mesa e a imagem borrada de Henri caído, meio apoiado na parede, o ferimento vermelho nascendo no peito. Medo de que eles nos encontrassem de novo e derrubassem a porta com suas botas cheias de barro.

Quando as linhas finas de luz começaram a iluminar o quarto pela manhã, minha cabeça doía e meu corpo continuava cansado. E eu não sabia mais se eram lembranças ou sonhos as imagens que me acompanham até hoje.

• • •

Quando entrei na cozinha da igreja naquela manhã, meu pai já estava lá, sentado em um banco diante da pequena mesa de madeira. Ao me ver, abriu um sorriso e me deu um abraço bem longo e apertado. Antes que eu perguntasse, ele explicou:

— Seus irmãos estão bem, mas achei mais seguro que ficassem em casa. As escolas estão fechadas e há muitos homens armados no bairro.

Enquanto minha mãe tirava a chaleira do fogo e preparava o chá, meu pai contou que os combatentes do grupo M23 estavam por toda parte.

— As tropas do governo perderam todos os confrontos e fugiram de Goma. Os soldados da ONU também saíram da cidade.

Ele contou também que pouca gente tinha coragem de sair de casa. O comércio e os bancos não funcionavam e a milícia tinha ocupado todos os órgãos públicos. Até o governador do Kivu havia fugido da cidade.

— Quando vamos poder voltar para casa? — perguntei.

— Não é seguro voltar agora — respondeu papai. — Vocês podem ser reconhecidas pelos rebeldes, é muito perigoso. É melhor saírem da cidade até as coisas se acalmarem.

Sair da cidade. Lembrei da minha última conversa com Jena. Era disso que ela tinha medo. A maioria das pessoas da região procurava refúgio em Goma. Fora dela, tudo parecia ainda mais assustador.

— A melhor opção agora é atravessar a fronteira com Ruanda – continuou ele. – Vocês podem ficar lá até a situação por aqui melhorar.

Ele contou que a família inteira de Jena tinha partido naquela manhã. Tentariam atravessar a fronteira a pé e chegar à casa de um parente em Ruanda. Se mamãe e eu precisássemos de ajuda, poderíamos procurar por eles do outro lado.

Fazia sentido. Mesmo com os homens do M23 nas ruas, não seria tão difícil chegar a Guissenhi. Foi para lá que minha família fugiu quando as lavas do vulcão cobriram nossa casa. Era para lá que as pessoas corriam sempre que as coisas ficavam muito difíceis do lado de cá. E havia Jena. Com ela, tinha certeza de que tudo seria mais fácil.

Mas não foi assim que aconteceu.

Minha mãe terminou de me servir o chá com um pedaço de pão. Depois se sentou ao meu lado, as mãos envolvendo sua caneca de cerâmica.

— Não, nós não vamos para Ruanda – disse finalmente.

Meu pai olhou para ela surpreso.

— Por que não? – perguntou.

Mamãe tomou um pequeno gole de chá, com os olhos fixos na mesa, onde a caneca quente deixara uma pequena marca. Naqueles segundos de silêncio, as palavras de Jena martelavam em minha cabeça: "Para onde a gente vai, Malaika?".

— Para onde nós vamos, *mama*? – consegui perguntar.

Ela respondeu a última coisa que eu esperava ouvir naquela hora.

— Nós vamos visitar sua avó.

• • •

Minha avó morava em uma aldeia no território de Beni, a um dia de viagem de Goma. A aldeia tinha um nome, claro, mas eu não me lembro mais dele. Lá em casa, minha mãe sempre falava *Makao ya bibi*, o lugar onde mora a vovó, e é assim que eu a chamo até hoje.

Makao ya bibi ficava no norte, perto do Lago Edward, outro dos Grandes Lagos da África. Foi onde mamãe nasceu e viveu a maior parte da vida. Meus tios e primos do lado dela ainda moram por lá.

— Nas férias, nós todos vamos visitar a *bibi* – dizia ela todo ano, quando as aulas estavam quase terminando.

E, todos os anos, meus pais arrumavam uma explicação para a gente não ir. Diziam que tinha chovido demais e as estradas estavam ruins, que a mamãe tinha muito trabalho ou que o dinheiro era pouco. Mas eu não acreditava mais em nada disso. O caminho, dentro do Parque Nacional de Virunga, passa perto da fronteira com Ruanda, e sempre havia grupos armados por perto. Meus pais tinham o mesmo problema de todo mundo que precisava viajar por aqueles lados: medo.

É por isso que eu só conhecia minha avó e meus outros parentes do lado da mamãe por fotografia. Sempre achei isso

muito injusto. Tenho tios, primos da minha idade, mas nunca pude conversar nem brincar com nenhum deles. E a aldeia da vovó nem era tão longe assim!

Então por que logo agora, que o perigo estava perto, minha mãe tinha mudado de ideia?

Papai também não entendeu. Ficou agitado, com sua linha de expressão ainda mais espremida entre as sobrancelhas. Disse que a situação estava pior ao norte, a milícia estava tomando as cidades, atacando as aldeias e controlando as estradas. As tropas do governo tinham se posicionado fora da cidade e os combates continuavam.

Acho que ele falou mais do que eu tinha ouvido a vida inteira sobre o que estava acontecendo fora de Goma.

Mas não adiantou nada.

– Nós voltaremos logo – disse minha mãe com a voz calma, mas firme. – Essa ocupação não vai durar muito.

Demorou para eu entender o que fez minha mãe, sempre tão sensata, escolher o caminho mais perigoso para sair de Goma. Mesmo hoje, me surpreendo com a decisão dela de seguir comigo para o norte, onde os rebeldes estavam mais fortes.

Talvez ela achasse que a aldeia escondida entre as montanhas e florestas fosse mais segura que a cidade, eu pensava. Ou apenas quisesse estar mais uma vez com minha avó. Ficar perto de quem a gente gosta sempre melhora as coisas ruins, não é?

Talvez.

Meu pai ainda tentou argumentar, mas todos sabíamos que era difícil minha mãe mudar de ideia depois que tomava uma decisão. Mesmo sem concordar, ele murmurou: "Se você prefere assim, tudo bem". E ficou ali, na ponta da mesa, olhando para ela de um jeito que eu nunca havia visto, sem palavras, sem movimento. Um olhar que continuou por muito tempo depois que as palavras acabaram.

Antes de ir embora, ele me chamou em um canto da igreja. Disse que eu já estava grande, que podia ajudar minha mãe e minha avó, que tudo ia ficar bem e que logo estaríamos todos juntos de novo.

Eu fiz que sim com a cabeça. Quando meu pai me abraçou, deu vontade de chorar, de pedir para ficar com ele e voltar para casa. Mas já estava grande demais para fazer escândalo, como diziam lá em casa. E não queria ficar longe da mamãe.

Então guardei as palavras e o choro bem trancados dentro de mim. Apenas escondi o rosto no peito dele e disse "te amo, *baba*" tão baixinho que nem sei se ele conseguiu escutar.

• • •

Sair de Goma rumo ao norte não era algo simples. Não podíamos ir a pé, como as pessoas que seguiam para as fronteiras de Ruanda e Uganda. Também não dava para escapar de avião ou de ônibus. Os rebeldes ocupavam o aeroporto, as estações e todos os lugares que importavam em Goma.

Mas o padre conhecia pessoas e caminhos. Alguns dias depois, ele chegou com a notícia. Havia encontrado uma forma de nos tirar em segurança da cidade.

Na manhã seguinte, saímos da igreja antes de o Sol nascer. Mamãe preparou uma grande trouxa com roupas e uma manta que papai havia trazido e me deu uma sacola menor com água, pacotes de comida e algumas frutas.

Uma grande camionete branca, com a carroceria coberta por uma lona também branca, nos aguardava há duas quadras da igreja. Ainda estava escuro, mas a luz da lanterna emprestada pelo padre iluminou as letras UN gravadas na lataria, sobre o capô. Elas significavam *United Nations*. Era um carro das Nações Unidas.

Naquela época, eu ainda não compreendia bem como funcionava a ONU. Mas, no Congo, eu sabia que dois tipos diferentes de pessoas faziam parte dela.

Um dos tipos eram os soldados de capacetes azuis, que começaram a chegar a Goma depois da grande guerra. Diziam que estavam aqui para trazer a paz, mas acho que não deu certo, porque eles estão no Congo há anos e a paz nunca chegou.

Mas o moço que nos ajudou a subir na carroceria da camionete não tinha capacete nem jeito de soldado. Ele parecia fazer parte do outro grupo, as pessoas da ONU que distribuíam remédios, comida e ajudavam pessoas doentes que não tinham casa nem dinheiro.

— É mais seguro para vocês viajarem aqui atrás, junto com os alimentos e remédios — ele disse.

A carroceria estava lotada de caixas de vários tamanhos. Minha mãe e eu nos sentamos em um canto, bem no fundo.

O rapaz apontou uma manta dobrada sobre um monte de lençóis e cobertas e pediu que nos cobríssemos com ela.

– Não vai ser por muito tempo – disse ele. – Apenas até sairmos da cidade.

Minha mãe agradeceu e, antes de nos cobrir completamente, perguntou o nome dele.

– Hugo – respondeu.

Hugo não fez nenhuma pergunta. Mas acho que o padre já tinha contado tudo sobre nós, porque, antes de sair, ele me disse com um jeito simpático:

– Não se preocupe, Malaika. Vamos chegar em segurança.

Era difícil me sentir segura viajando sem enxergar, sem ao menos saber se estávamos indo para a direita ou para a esquerda. O carro rodava devagar, andava um pouco, virava e acelerava. Não sei quanto tempo seguimos assim. Quando você fica com um pano diante dos olhos, e sem respirar muito bem, qualquer tempo pequeno fica muito grande.

Tentei ficar bem quietinha ao lado de mamãe. Hugo parou algumas vezes, ouvimos conversas do lado de fora, mas logo o motor da camionete voltava a roncar. Depois de um tempo, a claridade começou a passar pelos panos, e a carroceria foi ficando cada vez mais quente. Sentia sede e o suor escorria pela minha nuca.

Quando o carro começou a andar mais rápido, minha mãe baixou um pouco a manta. Com o nariz finalmente livre, respirei bem fundo algumas vezes o ar fresco acelerado pelo carro em movimento.

Por uma pequena janela aberta na lateral da cobertura da carroceria, vimos que a cidade tinha ficado para trás. Apenas uma ou outra casinha apareciam aqui ou ali, quase escondidas entre as bananeiras. A estrada de terra vermelha cortava um vale largo e fértil.

O que eu via era muito diferente do chão duro e preto que cobria meu bairro. Depois do capim baixo da beira da estrada, plantações e pastagens se espalhavam até quase tocar as montanhas. Depois delas, um manto de árvores subia pelas encostas até se transformar em uma mancha meio verde e meio azulada que se misturava com as nuvens lá no alto.

Estávamos dentro do parque, o lugar que minha mãe tanto temia. Mas não eram as preocupações dela que me vinham à cabeça. Olhando para aquelas montanhas tão altas, eu me lembrava das conversas com Mbwana, do jeito entusiasmado com que ele falava de Virunga.

— É o maior e mais antigo parque do Congo — ele me disse em um domingo após o almoço, quando descansávamos no banco da varanda.

O dia estava quente como hoje, mas naquele dia as nuvens escuras se moviam rápido no céu, por vezes escondendo o Sol. Algumas gotas gordas de chuva haviam deixado marcas na poeira do quintal e o ar tinha aquele cheiro de terra molhada depois de muito tempo sem chover.

Seria tão bom se ele estivesse aqui! Talvez meu irmão pudesse dar o passo que me faltava. Descer daquela camionete, atravessar os campos e chegar até as florestas no alto das montanhas. Quem sabe todas aquelas árvores gigantes que se trançavam no céu fossem mais seguras do que os telhados. Mas eu já sabia que lá em cima também havia armas.

— Grupos armados invadem o parque para prender e matar os bichos. Ganham dinheiro vendendo os filhotes de gorilas, o marfim dos elefantes, a pele e a carne dos grandes animais – contara meu irmão.

— Antes do genocídio de Ruanda – ele continuara –, havia milhares de elefantes. Agora temos algumas centenas. Por tudo isso, ser guarda no parque é muito perigoso. Muitos morrem todos os anos, porque os grupos armados querem ter acesso fácil às florestas, aos animais e aos peixes dos grandes lagos.

Lembro de ter ficado preocupada com Mbwana. Achava que não valia a pena correr tantos riscos apenas para proteger árvores e bichos. Mas não era assim que ele pensava.

— As florestas e os animais são as maiores riquezas do Congo – ele dissera. – São muito importantes para o mundo inteiro.

Mbwana costumava estudar bastante e ouvir as notícias no radinho de pilha. Às vezes, quando já estava na cama, eu o escutava conversando com papai e mamãe sobre assuntos de adultos. Só não entendia por que ninguém mais falava daquelas coisas, dos animais, do parque, dos guardas que morriam.

Eu perguntei, mas logo achei que tinha falado algo errado. Meu irmão ficara um tempo quieto, olhando o aguaceiro do lado de fora. Devia ser uma resposta complicada para ele precisar pensar tanto e perder aquele jeito animado de sempre.

— Porque é muito difícil viver no Congo, Malaika. As pessoas que ameaçam o parque também estão matando gente. As que ficam vivas sentem falta de tudo. Quando você tem medo e a barriga vazia, só pensa em arranjar comida e se proteger. As outras coisas importantes ficam esquecidas.

Estava pensando sobre aquelas coisas, quando a camionete parou de repente. Minha mãe nos cobriu rápido e me fez abaixar ainda mais atrás das caixas. Ouvimos vozes altas, passos em torno da carroceria. Prendi a respiração, com medo de mexer sem querer a manta que nos cobria. Depois que o carro seguiu novamente, ela sussurrou:

— Fique calma, *binti*. Eles só queriam dinheiro.

Mas não demorou muito até pararmos novamente. Dessa vez, Hugo desligou o motor e foi até a carroceria falar com a gente.

— É melhor vocês saírem agora. Sinto muito, mas não é mais seguro viajar com vocês aí atrás.

Por um momento eu fiquei contente por descer daquele esconderijo apertado. Mas meu alívio acabou quando coloquei os pés no chão e olhei em volta. Por todo lado, só havia árvores, terra e algumas pequenas plantações. Como ele ia nos deixar assim, em lugar nenhum?

Hugo não olhou direito para mim. Apenas se despediu com um aperto de mão, nos desejou sorte e pediu desculpas por não poder ajudar mais. Também deu outras explicações para minha mãe, mas só consegui prestar atenção no que disse já dentro do carro:

— Tomem cuidado. Esta região está cheia de combatentes de todos os lados. Tentem não ficar muito à vista.

Depois seguiu adiante, deixando-nos na beira da estrada, sem nenhuma casa próxima ou pessoa que pudesse nos ajudar.

Minha mãe esperou a poeira vermelha baixar, me deu um gole de água, uns biscoitos e guardou com cuidado a garrafa e o pacote na mochila às minhas costas. Arrumou a trouxa de pano na cabeça, deu uma boa olhada em mim para ver se estava tudo direito e começou a andar.

— Vamos, Malaika — disse ela, com passos tão firmes e rápidos que precisei correr para não ficar para trás.

— Mas, *mama*, nós vamos andar até a aldeia da *bibi* sozinhas? — eu finalmente perguntei, meio sem fôlego.

Minha mãe nem me olhou. Tinha tanta pressa em sair daquele lugar que até as palavras pareciam atrapalhar. Toda vez que ouvíamos o barulho de um veículo, mesmo que fosse uma moto pequena, corríamos para fora da estrada. Só saíamos de trás das árvores e das touceiras de capim quando não havia mais ninguém no caminho.

Depois de algum tempo caminhando rápido, tropeçando em pedras, espetando as pernas nos espinhos e olhando para trás o tempo todo, minha mãe finalmente me mandou parar e pousou a trouxa no chão.

Estávamos em uma encruzilhada. Diante de nós, um caminho não muito largo, de terra batida, cortava a estrada principal. Nele, não se viam carros nem caminhões. Somente gente, tanta gente que não dava para contar.

Aquela multidão colorida e empoeirada seguia devagar na mesma direção até onde eu conseguia enxergar. Homens, mulheres e crianças levavam malas e sacos na cabeça, bebês pendurados nas costas, colchões enrolados sobre bicicletas velhas, bacias, galões pendurados. Uma criança pequena carregava uma galinha nos braços.

— Não estamos mais sozinhas, Malaika — disse minha mãe. — Vamos com todos eles.

• • •

Andamos sem parar sob o Sol forte, seguindo o ritmo daquelas pessoas, que já pareciam cansadas de tanto caminho. Com o tempo, os dedos dos pés foram se misturando à poeira do chão até que não deu mais para distinguir a cor da pele embaixo das camadas de terra.

Ainda assim, era melhor caminhar ao lado das pessoas do que sozinhas naquele lugar perigoso. Muitas delas vinham de longe e estavam na estrada desde a madrugada.

Às vezes, homens e tanques da Monusco, a missão da ONU para a República Democrática do Congo, cruzavam a estrada. Algumas pessoas gritavam, pediam água e comida. Mas eles nunca paravam. Antes eu confiava nos soldados. Agora só o que eu sentia era raiva daqueles homens de farda, que não protegeram minha cidade e minha família.

— Por que eles não voltam para Goma, *mama*? Por que não lutam e expulsam os grupos armados de lá? — perguntei.

Minha mãe não respondeu. Desde que saímos de casa, ela parecia esquecida das frases compridas e das conversas animadas. Quando uma moça que caminhava ao nosso lado perguntou de onde vínhamos, ela respondeu apenas "Goma".

A moça se chamava Marie e era bem mais jovem do que a minha mãe. Talvez fosse só um pouco mais velha que Mbwana, mas já carregava um bebezinho nas costas, sustentado por um pano estampado com desenhos azuis e amarelos. Foi ela quem respondeu à minha pergunta:

— A ONU diz que não tem forças para expulsar as milícias, que o governo precisa negociar a saída delas.

Marie estava na estrada havia muitas horas, mas não carregava trouxas, nem sacolas, nem nada que servisse para levar comida ou roupa. Conversando com as outras mulheres, ela contou que tinham fugido de casa antes do amanhecer.

— Só tive tempo de pegar meu filho — disse ela. — Acordamos de madrugada com os tiros. Olhei pela janela e vi homens arrombando a porta da minha vizinha a machadadas. Peguei o bebê e fugimos pela janela dos fundos quando eles já tentavam derrubar a porta da frente da nossa casa. Dava para ouvir os gritos das pessoas. Eu entrei correndo no mato e só parei muito tempo depois. Meu marido estava fora, não sei o que houve com ele.

Embora falasse pouco, percebi que minha mãe escutava Marie com atenção. Por todo o caminho, tentava não se distanciar dela e dividia o pouco de água que ainda tínhamos. Quando o bebê chorava e ela precisava parar, ficávamos ao lado deles até que estivessem prontos para continuar.

Na hora em que não deu mais para aguentar a fome, minha mãe convidou Marie para se sentar conosco na sombra de uma grande árvore na margem da estrada. Nossa nova amiga concordou e aceitou contente as frutas e bolachas que tínhamos. Enquanto ela comia, o bebê mamava com vontade no peito.

• • •

A tarde já alaranjava o céu quando vimos as primeiras tendas ao lado da estrada. Logo, elas já eram tantas que não havia mais árvores nem plantações, apenas aqueles tetos brancos subindo e descendo as encostas ao redor de nós.

Eu não esperava por isso. Durante todo o dia, acreditei que chegaríamos à casa da vovó para passar a noite. Mas acho que andamos devagar demais, ou eu não entendia de distâncias, porque minha mãe colocou a trouxa no chão e disse com a voz cansada:

— Graças a Deus, chegamos.

Eu já havia visto lugares como aquele perto de Goma. Era um campo de refugiados, onde ficam as pessoas que não têm mais casa ou não podiam voltar para seus povoados.

Em apenas dois dias tudo havia mudado. Quando você tem um teto, uma cama confortável e comida no fogão, não imagina que tudo isso pode acabar e que precisará encontrar um lugar entre as pessoas que não têm teto, cama e comida.

Um monte de dúvidas pulava na minha cabeça. Mas nem tentei encontrar as palavras para perguntar. Estava cansada de não receber respostas, de ficar falando sozinha enquanto minha mãe me levava de um lado para outro, sem dizer para onde estávamos indo e quando iríamos chegar. Mas acho que ela ficou com um pouco de pena de mim, porque disse sem eu perguntar.

— Fique tranquila, *binti*. Amanhã vamos encontrar um jeito de seguir para a casa da *bibi*.

• • •

Antes que as primeiras estrelas surgissem acima do horizonte, já tínhamos o mais importante: um balde de água, um pedaço de lona branca que nos deram na entrada do campo e um monte de galhos que Marie pegou nas redondezas enquanto eu cuidava do bebê.

Montamos nossa tenda em um pequeno espaço entre as barracas do outro lado do morro. Minha mãe e Marie fizeram a estrutura com pedaços de madeira, folhas grandes e feixes de capim. A cobertura plástica vinha por cima, para evitar que as gotas de chuva e o vento entrassem entre os ramos entrelaçados.

Depois de tudo pronto, ela e Marie improvisaram um fogãozinho com pedras e gravetos. Em torno de nós, outras mulheres também acenderam suas pequenas fogueiras para preparar o fufu, uma massa cozida feita com farinha que serve de acompanhamento para todo tipo de comida. Poucas tinham algo mais para colocar na panela: apenas algumas folhas de mandioca ou um punhado de feijão.

Enquanto cozinhavam e cuidavam das crianças pequenas, as mulheres contavam suas histórias. Algumas tinham vindo do oeste, fugindo dos territórios de Masisi e

Walikale. Mas muitas viviam no norte, perto das cidades de Beni e Lubero, região onde mora a maior parte do povo nande, a etnia da família da minha mãe.

Ouvir a língua de seu povo fez minha mãe mudar de jeito. Pela primeira vez desde que saímos de Goma, o rosto dela se abriu e ela voltou a conversar. No começo, falavam da comida, da água ou sobre o funcionamento daquele lugar.

Uma mulher que estava ali havia muito tempo reclamou que a comida demorava para vir, que eram muitas crianças para tão pouco. Os campos que já existiam, contou ela, estavam lotados desde que começaram os conflitos entre o M23, o exército e outros grupos armados.

— Dizem que vão entregar mais alimentos amanhã. *Mungu yupo tayari*, se Deus quiser! — ela disse.

Depois que o Sol foi embora, a única luz que restou era do fogo embaixo das panelas. A conversa se espichou para outros lados, entrou nas aldeias, nas casas, nas coisas que aconteceram antes, lá na terra delas. Eu queria ouvir tudo. Quando a gente não sabe das coisas, é como se fosse um tipo de cego que pode ver, mas não enxerga nada direito. E eu precisava enxergar.

Por isso, tentei segurar os olhos e os ouvidos abertos mesmo meio tonta de sono. Não conseguia entender tudo. Primeiro porque elas conversavam em nande, e eu não sabia essa língua tão bem como Mbwana, que tinha nascido na aldeia da mamãe. Segundo porque, às vezes, elas falavam tão baixo que devia ser para a gente não escutar mesmo.

Acho que minha mãe pensou que eu não estava compreendendo nada; ou, então, ela resolveu fazer de conta que eu não estava ali, prestando atenção, porque era hora mesmo de aprender certas coisas. Se eu já estava grande para fugir de armas e homens, também estava grande o suficiente para saber o porquê.

Elas falavam de coisas muito, muito ruins. De facões, machados, armas, fogo... Dos tiros na madrugada. Dos maridos mortos, pais desaparecidos, filhos arrastados pela noite. Falavam de machucados, de vergonhas e de dor. Eram palavras pela metade, misturadas com o silêncio, com o barulho da lenha terminando de queimar. Coisas que eu não entendia direito ou não queria entender. Talvez fosse melhor estar dormindo e não saber de nada, nada mesmo.

Em minha cabeça, eu via de novo as botas sujas, ouvia de novo as palavras daquele homem no escritório, os gritos de Henri... Tudo aquilo que aconteceu depois tinha a ver com isso. Henri, o padre, Hugo, papai, eles sabiam. Eles queriam nos salvar daquele horror. E, embora eu não compreendesse direito as atitudes da minha mãe, sentia que ela me protegia também.

Minha mãe ouvia aquelas histórias difíceis, dividia a comida e a água. Sentada em um toco de madeira, com o rosto iluminado pelas chamas, conversando com as mulheres nande, ela nem parecia aquela mulher que trabalhava em escritório e falava o idioma dos estrangeiros.

Eu sabia pouco sobre a vida de minha mãe antes do casamento. Meu pai adorava contar histórias da época em que tinha a minha idade. Costumava falar das brincadeiras e cantorias depois do trabalho na terra do meu avô, no Kivu do

Sul. Nas noites em que ele emendava uma história na outra, minha mãe ria com a gente na mesa da cozinha. Mas nunca falava sobre sua vida na aldeia da vovó.

Agora eu a via montar um abrigo, cozinhar com tão pouco, falar como aquelas pessoas que viviam tão longe de nós. Até o jeito de mover as mãos e o ritmo das palavras eram estranhos para mim.

Uma outra mulher surgia dos cantos escondidos dentro de minha mãe. De algum jeito eu estava começando a perceber. A estrada, a tenda, o fogo, a comida e as histórias ruins. Tudo aquilo era novo para mim, mas era muito familiar para ela.

Em nossa primeira noite fora de Goma, dormimos no duro do chão, sem poder nem lavar os pés direito, longe de meu pai e meus irmãos. Mas foi também ali, dividindo comida e ouvindo as vozes em volta do fogo, que eu comecei a conhecer de verdade a minha mãe.

• • •

Comida. No campo de refugiados, tudo girava em torno da próxima refeição.

Se uma pessoa passa horas e até dias na estrada, vai chegar quase sem alimento ou água. Quem tem plantação não pode colher o milho ou a mandioca. Quem mora na cidade não pode ir ao mercado ou abrir o armário. Você precisa esperar que alguém traga a comida que vai cozinhar. Sem resolver essa parte, não dá para pensar em mais nada.

Mas eu não sabia disso até ouvir minha barriga roncar e não encontrar comida para colocar dentro dela.

Acordei na manhã seguinte com um choro insistente de bebê. A luz da manhã apenas começava a entrar por baixo da lona, mas já não havia ninguém dentro do abrigo. Do lado de fora, encontrei Marie lavando Alfonse, era esse o nome dele, com um trapo molhado dentro de uma pequena bacia de alumínio.

— *Salamu*, bom dia — disse Marie, sorrindo. — Você dormiu bastante.

Minha mãe ajeitava um pedaço da lona que tinha se soltado com o vento da noite. Estava com a roupa da véspera, mas dava para ver que tinha amarrado a saia de um jeito diferente e prendido os cabelos com um lenço limpo que comprou de um vendedor de rua alguns meses atrás.

— Lave o rosto, Malaika — disse ela. — Daqui a pouco deve chegar o caminhão de suprimentos.

Eu me apressei, pensando em um café da manhã bem substancial. Minha mãe tinha dividido a nossa comida tantas vezes na véspera que só sobrara um pouquinho para cada um. E aquele pouquinho não havia enchido minha barriga de jeito nenhum.

Mas, naquele dia, não teve café nem almoço. Parecia que a hora de comer nunca ia chegar, com um monte de gente se espremendo, o calor aumentando, crianças pequenas chorando, os maiores encostados uns nos outros sem coragem nem de chorar.

Quando o Sol começou a baixar, minha fome já tinha saído da barriga e se espalhado pelo peito, pelos braços e pernas, entrado no meu pensamento até expulsar todas as outras coisas que eu tinha na cabeça.

– *Mama*, estou com muita fome – eu meio que resmunguei, com um pouco de vergonha de dizer o que todo mundo estava sentindo sem abrir a boca.

Minha mãe não me deixou continuar e falou de um jeito áspero.

– Fique quieta, Malaika. Tem gente sem comer há muito mais tempo. Nós tivemos sorte de ter um pouco de comida ontem à noite.

No fim, acho que tivemos sorte mesmo, porque, pela primeira vez naquela semana, a camionete branca entrou no campo com a carroceria carregada.

Dois pacotes de biscoito, dois saquinhos com farinha de milho, um pouco de sal e óleo, um galão d'água. Foi tudo o que conseguimos para nós, Marie e o bebê. Mas voltamos aliviadas.

– Agora vamos encher as barrigas vazias – disse minha mãe, com bom humor.

Logo a fumaça começou a subir dos gravetos e o cheiro da comida se espalhou pelo campo. As pessoas comiam, arrumavam as coisas que tinham trazido e limpavam panelas. Alguns meninos se animaram a brincar.

Enquanto quase todos se preparavam para ficar, minha mãe procurava um jeito de partir. Andava de um lado para o outro, falava com o pessoal da ONU, com as pessoas que tinham vindo do norte e com o rapaz que entregou os suprimentos.

Na manhã seguinte, ela me mandou arrumar as coisas, e eu obedeci sem vontade. Lógico que eu queria chegar à aldeia da vovó. Mas era melhor ficar naquela barraca pequenininha do que arrastar de novo meus pés machucados por uma estrada com um monte de homens maus por todos os lados.

Mas dessa vez só andamos até a saída do campo. Com o dinheiro que tínhamos trazido, minha mãe conseguiu um lugar para nós duas em um caminhão pequeno que estava partindo com a carroceria cheia de gente em direção a Beni.

A última coisa que vi antes que o caminhão nos tirasse de vez daquele mundo de tetos brancos foi Marie. Com um braço, ela segurava o bebê enrolado no pano de desenhos amarelos. Com o outro, nos dava adeus.

• • •

Não vou dizer que aquela carroceria aberta e dura era confortável.

Mas eu, de verdade, nem me incomodei tanto com os solavancos e a poeira que enchia os olhos e a boca se você não fechasse tudo bem rápido toda vez que outro veículo cruzava com o nosso. Andar sobre rodas era bem melhor que arrastar as sandálias no chão de terra. Disso eu tinha certeza.

Estava bem fresco, até um pouquinho frio. Eu me embrulhei nos panos e me ajeitei o melhor possível sobre nossas trouxas, espremida entre mamãe e uma mulher bem velhinha.

Estávamos tão juntas que, quando o caminhão passava pelos buracos, todo mundo baixava e subia junto. Pelo menos não corria o risco de sair voando pela lateral baixa da carroceria quando o buraco era grande demais.

Eu sabia que estávamos em uma região perigosa. Mas talvez os rebeldes estivessem descansando ainda ou preocupados com outra coisa, porque nenhum deles parou a gente.

De vez em quando, o motorista encostava fora da estrada e eu via alguém, normalmente um rapaz muito novo, se afastando com um pacote pequeno embrulhado em plástico azul. Como não vi armas, não fiquei com muito medo também.

Era a primeira vez desde que saímos de nossa casa em Goma que eu podia só respirar, sem nenhum incômodo no peito, na cabeça, na barriga ou nos pés. E, quando é assim, o olho acha um jeito de encontrar qualquer coisa, por pequena que seja, que faça a gente ficar pelo menos um pouco feliz.

Aquele pedaço da viagem foi assim.

Passamos por uma cidade com muitas ruas e casas e por povoados tão pequenos que sumiam no tempo de uma piscada de olho. Cruzamos campos com mato baixo e árvores aqui e ali e plantações desenhadas em quadrados nas encostas, cada uma em um tom diferente de verde.

— Produzimos muita coisa no Kivu — disse mamãe no meu ouvido ao me ver observar as lavouras. — Batata, cana-de-açúcar, amendoim, feijão, verduras e muito mais. Mais ao norte, plantam café e cacau.

Ela falava quase dentro do meu ouvido, por causa do barulho. Eu gostaria de conversar mais, perguntar sobre as coisas que não sabia daquela terra. Mas, em volta de nós, as pessoas só falavam de guerra. Talvez elas só conseguissem mudar o assunto quando estavam em volta do fogo e não precisavam se preocupar se a pessoa que atravessava a estrada era de um grupo amigo ou inimigo.

Eu não sabia diferenciar todos os grupos que lutavam no Kivu. Há muito tempo, tinha aprendido a ter medo de qualquer pessoa com uma arma, fosse um facão ou uma metralhadora, com ou sem uniforme. Ainda me lembro da minha mãe me dizendo, quando eu era ainda bem pequena:

– Não confie em nenhum deles, Malaika, nunca se aproxime de um homem armado. Eles não são seus amigos.

Eu estranhava esse pensamento dela. Nas histórias e brincadeiras de luta, sempre tem um lado bom e um lado mau, não é? Não dá para ficar no meio. Mas, para minha mãe, nenhum deles era do lado bom.

– Não tem mocinho em grupo armado, Malaika. Todos estão prontos para matar quem estiver no caminho – ela dizia, encerrando a conversa.

Eu me lembrei das palavras dela, mas dessa vez elas não viraram pensamentos grandes em minha cabeça.

Estava vendo o mundo pela primeira vez. E o que eu via do lado de fora enchia tanto os olhos que não sobrava nem um cantinho para as imagens que eu guardava do lado de dentro.

As plantações subiam e desciam as colinas, até que elas viraram montanhas. Estávamos nos limites do Parque de

Virunga, minha mãe disse, e a floresta ali ia e vinha. Perto das cidades e vilas, quase não havia mais nenhuma árvore. Quando as casas ficavam para trás, a mata voltava, chegando até bem perto da estrada.

Aos poucos, meu ouvido parou de entender as conversas. As vozes se misturaram ao vento, ao ruído do motor, ao canto agudo dos pássaros que voavam sobre nossas cabeças.

O caminhão diminuiu a velocidade para fazer uma curva e, de repente, tudo sumiu. Nós tínhamos entrado dentro de uma nuvem! Havia muitas à nossa volta, subindo das matas como fumaça, enchendo o fundo dos vales, se espalhando pelos campos ondulados, embaçando a luz do Sol, ainda escondido atrás dos morros.

Ali dentro, eu não podia ver nada, apenas sentir o cheiro de ar fresco, a umidade no rosto. Fechei os olhos e estendi as mãos, pegando com os dedos o vento molhado. Agora até as vozes tinham se aquietado.

Muitas vezes, já longe das montanhas da minha terra, eu me lembrava daquela nuvem, depois de uma curva, em uma estrada esburacada do meu Kivu do Norte. Um momento em que o mundo pareceu tão limpo e belo. E que eu flutuei sem medo em um pedacinho de céu.

• • •

Estávamos entrando no verão, uma época em que costuma chover bastante no leste do Congo. Mas naquele dia tivemos sorte até nisso. À medida que o Sol foi subindo, a neblina evaporou até sobrarem apenas umas poucas nuvenzinhas cinzas no céu azul.

Na hora do almoço, o motorista parou em uma praça no centro de uma cidade bem pequena. Era um lugar simples, de terra batida mesmo, nada parecido com os mercados de rua de Goma. Alguns moradores vendiam milho, arroz, legumes e peixes em bacias e cestos colocados sobre panos coloridos.

Como não tínhamos tempo de cozinhar, comemos o fufu preparado ali mesmo. Algumas pessoas do grupo abriram suas sacolas. Outros não abriram nada porque não tinham nem comida nem dinheiro. Minha mãe comprou um prato a mais de comida e o entregou para uma família com várias crianças.

Foi uma parada bem curta, mas deu tempo de consertar nossas roupas que haviam se rasgado pelo caminho. Só tínhamos duas trocas, uma ia no corpo e outra dentro da trouxa, de forma que era preciso cuidar muito bem delas. Um homem velho arrumou, ali mesmo, tudo direitinho com sua máquina de costura, em um canto da praça.

Minha mãe também comprou um pouco de farinha e feijão e depois deu um jeito de encaixar as sacolas no espaço pequeno entre os meus pés.

— Para quando a gente chegar à casa da *bibi* — ela disse.

Dobramos o que tinha para dobrar, lavamos o rosto e as mãos, enchemos nossa garrafa de água. Estávamos prontas. Só faltava mesmo chegar.

— *Makao ya bibi* ainda está longe, *mama*? — perguntei assim que voltamos a sacolejar.

— A distância não é tão grande, *binti* — respondeu ela. — Mas, quando a estrada é ruim, os veículos precisam andar devagar. E esta estrada está pior do que na última vez em que estive aqui.

Deu tempo de chover e a roupa secar no corpo, de sentir fome de novo, de parar na beira da estrada para pegar mais água e tirar a sujeira grudada no rosto, de piscar o olho, sonhar que tinha chegado e acordar com um solavanco da roda passando por uma cratera.

Finalmente, o caminhão parou em uma cidade e todos desceram na avenida larga, cercada por casas com telhado de alumínio e algumas lojas vendendo alimentos e roupas. Estiquei as pernas, feliz em ter chegado seja lá aonde fosse. Mas minha mãe logo me colocou na carroceria de outro carro, uma camionete azul com grandes manchas de ferrugem na lataria.

— Temos de chegar antes de anoitecer — disse ela.

E lá fomos nós de novo por dentro dos matos, por uma estradinha toda torta, ainda mais esburacada.

• • •

A aldeia toda tinha cor de terra, começando pela estrada onde o motorista nos deixou sem nem dizer "vai com Deus". A cor estava nas ruazinhas tortas que subiam o morro. Nas paredes das casinhas idênticas, a maioria coberta por capim seco, com poucos chumaços de verde entre elas. Olhando assim, na luz apagada do final do dia, tudo tinha o mesmo tom claro do barro amassado que usam para fazer as paredes.

A cor da terra é a primeira coisa que observo em um lugar. Talvez seja porque nunca mais encontrei aquele chão preto feito de lava velha de vulcão. E mesmo as coisas não tão bonitas acabam dando saudade quando você percebe que elas só existem em seu cantinho do mundo.

Ali não havia nenhum pedaço de asfalto, nenhuma casa com paredes de madeira ou tijolos, nenhuma cor viva que não estivesse nas roupas das mulheres.

Aquele era o lugar da mamãe, mas nem parecia. Nossas coisas, de tanto tempo no chão, começaram a ficar da mesma cor do resto. Cheguei a duvidar de que aquela era a aldeia certa.

Ela olhava e olhava, sem se decidir para onde ir.

– Está tudo muito diferente agora – murmurou.

Só se mexeu quando uns meninos se aproximaram com os olhos cheios de curiosidade. Trocaram umas palavras, eles apontaram o alto do morro, nós subimos, depois descemos, saindo da rua, entrando nos quintais, perguntando para um e para outro.

Olhando do lado de dentro, aquele lugar tinha um ar de abandono. Ruas vazias demais mesmo para um lugar tão pequeno, casas com janelas fechadas, mato crescendo nas portas. Não sei por quê, mas senti um pouco de medo e agarrei o braço da minha mãe.

Quase no fim da descida, uma moça bonita, com o cabelo trançado do mesmo jeito que mamãe fazia com o meu, nos indicou a casinha no fim da rua, perto do ponto onde começavam as plantações. Ela cozinhava algo com cheiro bom e falou de um jeito tão amigo que comecei a acreditar que, talvez, no fim das contas, aquele lugar não estivesse morto de tudo.

— Elas foram buscar lenha — avisou a moça de tranças. — Não deve ter ninguém em casa.

Não tinha mesmo. A gente deu uma volta na casa, achou um canto sombreado e esperou.

• • •

— Eu tinha sua idade quando saí daqui — disse minha mãe, com os olhos na pequena plantação de mandioca que começava a poucos metros da casa e terminava aos pés da colina à nossa frente.

Fazia um tempo que estávamos quietas, ela sentada em uma raiz grande de árvore perto da casa, eu tentando acertar uma lata com umas pedrinhas redondas que encontrei no quintal de terra.

— Lembro que nossas plantações seguiam até o alto da colina — continuou ela. — Colhíamos milho, cebola, batata e verduras. Algumas vacas nos davam carne e leite. Eu não ia para a escola como você. Trabalhava na terra, trazia água, lenha, cuidava do meu irmão menor. Mas brincava também, subia nas árvores para pegar frutas, nadava no riacho que fica lá embaixo.

Eu parei de jogar as pedrinhas e olhei para o lugar que mamãe apontou. A linha de árvores e arbustos na parte mais baixa do vale indicava onde havia água. A colina ficava longe, bem depois do riacho, mas agora não havia muita coisa plantada nela. Depois da mandioca e de uma pequena lavoura de milho, vinha um pasto meio abandonado.

Não muito longe de nós, um homem com camisa clara e um chapéu pequeno na cabeça revirava a terra com uma enxada. Tentei imaginar minha mãe ali, trabalhando como ele, colhendo, plantando, tomando banho de rio... Uma mãe do meu tamanho sem ir para a escola.

— Se você não ia para a escola, como sabe tantas coisas? — perguntei

— Meu pai me ensinou a ler e a escrever — respondeu ela. — Ele também me levava aos mercados para vender ou trocar nossa produção. "Pra você ficar esperta", dizia. Quando fiquei maior, fui morar com uma tia, na cidade, para estudar. Fui a única menina daqui a ir para uma escola de verdade. Depois entrei na faculdade. Foi lá que conheci seu pai. Mas eu voltava sempre que podia e continuava ajudando na plantação e em todo o resto. E estava aqui quando eles vieram.

— Eles quem, *mama*?

— Os homens que começaram a guerra, Malaika.

A Guerra.

Eu tinha aprendido um pouco sobre ela na escola.

A Primeira Guerra do Congo aconteceu entre 1996 e 1997. Grupos armados lutaram contra o governo do presidente Joseph Mobuto, que governava havia 30 anos.

Os guerrilheiros tiveram ajuda dos exércitos de Ruanda e Uganda e ganharam a guerra. Laurent Kabila virou presidente, meu país deixou de se chamar Zaire e se tornou República

Democrática do Congo. Mas Congo era um nome antigo, usado antes da chegada dos europeus.

Mas a democracia e a paz não vieram. Em 1998, começou a Segunda Guerra do Congo, que terminou oficialmente em 2003. Foi uma guerra tão grande que muitos a chamam de Grande Guerra da África, porque envolveu oito países. Milhares de pessoas morreram. Dizem que só a Segunda Guerra Mundial matou mais gente.

Foi assim que escrevi no meu caderno da escola. Mas a vida, você sabe, às vezes não se parece nem um pouco com aquelas linhas que as pessoas escrevem. Para nós, a guerra foi uma só e nunca acabou de verdade.

— Tem uma porção de fatos pouco conhecidos dentro dessa história grande – disse papai uma noite durante uma conversa com meus irmãos.

Tínhamos acabado de jantar e estávamos todos na sala. Eu terminava de ler um livro da escola no canto da mesa, mas nunca saía da mesma linha, porque aquele era o tipo de conversa que sempre me fazia ligar as antenas.

Rafiki perguntou algo sobre a Grande Guerra e meu pai, como sempre, começou a explicar. Ele era um professor muito bom, porque até eu, com o olho no livro e o ouvido nele, consegui entender quase tudo.

— Depois que Kabila virou presidente, os congoleses reclamaram que ele apenas defendia os interesses de outros países – contou ele. – Kabila tentou mandar embora as tropas estrangeiras, mas o governo de Ruanda não quis sair. Uma das justificativas é que estavam defendendo os *tutsis* que viviam no Congo dos *hutus* que tinham cometido o genocídio.

Ele ainda contou que, depois de Ruanda, Burundi e Uganda, também invadiram o Congo. Kabila pediu ajuda a outros países, como Angola, Namíbia e Chade.

— O acordo de paz não resolveu os problemas — continuou. — Os grupos armados que surgiram no Kivu criaram laços com os poderosos das cidades, de Kinshasa e de outros países. Ter ligações com uma milícia é uma forma de aumentar seu poder. Você provoca o conflito e depois negocia a paz em troca de alguma coisa.

— Que coisas são essas, *baba*? — perguntou Rafiki.

— Terras e minérios. É o que todo mundo quer. Eles trazem dinheiro. E mais poder. Muitos grupos e países também aproveitam a confusão para controlar as minas e contrabandear nossos minérios para fora do Congo.

Pensar nisso dava uma canseira enorme no pensamento. Mas eu queria entender como a história da minha mãe tinha a ver com aquilo tudo.

— O que aconteceu quando eles chegaram, *mama*? — perguntei, mas a resposta não veio.

Ela estava em pé. Tinha avistado alguém no alto da rua que serpenteava o morro.

• • •

Algumas traziam lenha, outras vinham com grandes baldes de água na cabeça. Eu a vi no meio do grupo, com vestido largo azul, meio curvada sob a carga de galhos presa por um pano na cabeça e nas costas. Era uma carga realmente gigantesca, bem maior que a altura daquela mulher, que parecia franzina, mas devia ser bem forte para aguentar tanto peso.

Mesmo sem poder ver direito seu rosto a distância, eu soube logo que era minha avó. Soube porque era a mulher mais velha do grupo e porque ela ergueu a cabeça e parou de repente ao ver quem estava diante do portão da casa dela.

Minha mãe correu pela rua até o grupo. Por um instante, as duas ficaram frente a frente, imóveis como estátuas. Os olhos de vovó tinham uma surpresa tão grande dentro que até de longe eu podia perceber. As costas da minha mãe subiam e desciam com a respiração. Ninguém falava. Dava para ouvir até o vento balançando de leve os galhos mais altos das árvores.

Vovó colocou devagar o feixe de madeira no chão, levantou a cabeça, disse algo que não escutei. Então minha mãe deu um passo e se jogou no pescoço dela. Foi o abraço mais comprido e apertado que vi minha mãe dar na vida, o mais lindo. Acho que até os passarinhos, o vento e a água do riacho iam querer parar de cantar, de ventar e de correr só para ficar olhando aquele abraço.

Tudo isso eu vi de longe, porque continuava pregada no mesmo lugar, intimidada pela situação, pelas pessoas que eu não conhecia. As outras mulheres e meninas foram se aproximando, largando cargas pelo chão, os corpos livres para os abraços, os beijos e os sorrisos.

Quando finalmente chegaram em casa, todas falavam ao mesmo tempo. Minha mãe tinha o rosto todo vermelho, os olhos inundados e um daqueles sorrisos que fazem a gente rir também quase sem querer.

— Essa é Malaika, *mama* – disse ela –, sua neta mais nova.

• • •

De todas as noites até chegar ali e de todas que vieram depois, aquela foi a mais feliz. Uma tia e uma prima um pouco mais velha do que eu moravam com a vovó. Mas também vieram vizinhos, muitas crianças, homens e mulheres da vila.

Teve comida, muita cantoria e dança. Minha mãe ia contando as histórias da nossa vida, meio aos pedaços, para um e para outro. Já era tarde quando caí no sono em uma esteira na sala, ouvindo as vozes entrando pela noite.

No dia seguinte, minha mãe mandou uma mensagem para meu pai. Durante toda a viagem, o celular tinha ficado desligado e escondido em um saco plástico bem embrulhado nos panos. Foi bom economizar a bateria, porque na casa da vovó não havia tomadas para carregar.

— Está tudo bem lá em casa – disse ela ao ler a resposta. – Por que não aproveita para descobrir as coisas lá fora?

Eu fui.

Nas horas e nos dias seguintes, fui conhecendo aos poucos a vida na aldeia da vovó. Às vezes, eu gostava de imaginar que estava de férias, em uma daquelas viagens que mamãe sempre dizia que íamos fazer.

Se fossem férias, tudo estaria bem. Mesmo sem colchão, chuveiro ou energia elétrica.

Depois do pôr do sol, a luz vinha do lampião ou do fogo. As mulheres cozinhavam no chão, em um fogãozinho do tamanho de um balde, com uma lenha que queimava bem mais rápido que o carvão. Como nenhum cano chegava até a casa, eu tomava banho e ajudava minha mãe a lavar roupa na pedra do rio.

Ainda assim, tudo parecia bem, porque podíamos comer, nos lavar e descansar sem sentir medo. Sem falar que a luz que faltava embaixo sobrava lá em cima. Dava vontade de dormir do lado de fora de barriga para cima só para ficar olhando aquele céu cheinho de estrelas.

Eu gostava de ver minha mãe e minha avó juntas, fazendo o que precisava ser feito. Reparando bem, as duas até se assemelhavam um pouco no tom da voz ou no jeito de andar, mesmo sendo tão diferentes. Parecia que a mamãe havia tirado uma casca transparente e seca, como fazem as cigarras. A expressão do rosto, o jeito do corpo, tudo nela era mais leve e natural.

Também não tem como não ficar contente quando sua avó te dá a fruta mais doce do quintal e te olha de um jeito mais doce ainda, não importa o cansaço que nunca parece ir embora daquele rosto todo riscadinho de rugas.

E, principalmente, se você tem uma prima, a Shafira, para mostrar o que você não conhece, explicar as palavras e fazer tranças no seu cabelo depois que todo o serviço da casa já foi feito.

Nesses momentos, eu pensava que os problemas tinham acabado. Meu pai e meus irmãos estavam protegidos em casa. Eu e a mamãe poderíamos voltar quando os homens que nos perseguiam fossem embora. E havia aquele mundo tão diferente de Goma, com plantas, insetos, cores, gostos e coisas novas para aprender.

Mas isso era só às vezes. Porque eu logo percebi que não era nada fácil viver na aldeia da vovó.

— Não tem disso aqui não, Malaika — disse ela, rindo, quando o pensamento "bem que podia ser férias" saiu pela minha boca meio de intrometido.

Caminhávamos por um caminho estreito, que cortava os campos fora da aldeia, junto com minha mãe e minha tia. Em poucos dias, a lenha que elas trouxeram tinha acabado. Era preciso buscar mais na floresta, e a floresta não ficava tão perto assim.

— *Mama* diz que, quando tinha nossa idade, a floresta chegava bem perto da aldeia. Mas, com tanta gente pegando madeira, a mata encolhe, fica a cada ano um pouco mais distante.

Ela me contou que os madeireiros chegavam primeiro e levavam as árvores maiores, de madeira boa e que valem muito dinheiro.

— As pessoas pegam o resto para usar nas casas ou fazer carvão, porque não têm gás ou eletricidade. Depois, os agricultores queimam o que sobrou para plantar as lavouras. Só que a terra logo se cansa e fica assim — ela explicou, apontando para o campo abandonado onde só se via mato e uma ou outra árvore baixa sem galhos bons para pegar.

Eu ouvia e olhava para Shafira com admiração. Ela usava uma camiseta listrada de verde e vermelho meio desbotada, chinelos velhos de tira e umas saias grandes demais. Olhando seu jeito de andar, com o rosto sério, as passadas largas e rápidas, ela parecia mais velha do que eu, mais responsável e sabida das coisas para fazer.

Minha prima trabalhava quase o dia todo, trazendo água, ajudando a cuidar da casa e das plantas. Sobrava pouco tempo para brincar. E, quando sobrava, ela sempre preferia fazer algo que não envolvesse correr nem pular muito. Mesmo assim, Shafira não reclamava de nada.

Não reclamou nem mesmo no caminho de volta, quando as pernas, pelo menos as minhas, já queriam se dobrar de cansaço. O feixe de madeira bem amarrado parecia ficar um pouco mais pesado a cada passo. Não era possível que, para ter água quente ou comida em casa, fosse preciso tanto esforço.

Eu levava pouca coisa porque não estava acostumada, mas a carga da Shafira, mesmo menor do que a das mulheres, era grande. Ela podia parecer mais velha, mas ainda era pequena e magra como eu. Por que tinha de fazer aquele trabalho tão difícil?

Em torno de nós, várias mulheres desconhecidas também retornavam para a aldeia carregando madeira, equilibrando baldes de água e cestos de alimentos na cabeça. Não havia nenhum homem entre elas. Os únicos meninos eram pequenos e viajavam agarrados nas mães entre os galhos e garrafas d'água.

– Por que só tem mulheres carregando as coisas? – perguntei, inconformada. – Lá em casa, *baba* e Mbwana sempre levam as coisas mais pesadas.

Shafira balançou a cabeça.

— Aqui é assim – disse ela. — As mulheres cuidam da casa, das crianças pequenas, das plantações, trazem a lenha e a água. Muitas carregam fardos pesados para outras pessoas em troca de um pouco de comida. Não temos emprego nem escola. Então é o que se pode fazer.

Escola. Emprego. Minha mãe tinha um emprego. Ela tinha prometido para minha avó trazer a lenha para casa, e eu a via agora, alguns passos à nossa frente. Mesmo com o peso da carga, ela andava quase ereta, tinha uma elegância que eu sempre admirava.

Mas ela não precisava fazer isso todo dia. Ela podia trabalhar com as palavras, com a inteligência, falava melhor os idiomas estrangeiros que a maioria dos homens que eu conhecia. Não precisava estragar as costas até ficar toda curvada como a minha avó.

Não, ali não havia férias. Só um trabalho que não acaba nunca e que vai moendo o corpo, todo dia um pouco, até deixar a gente sem vontade de fazer nada a não ser descansar.

— Por que você não vai para a escola, Shafira? – perguntei.

— Eu costumava ir até o ano passado. Mas, um dia, as milícias invadiram a escola. Nosso professor fugiu e ninguém mais soube dele. Minha mãe disse que reconstruíram uma sala, mas temos medo de ir. Muita gente armada continua escondida no caminho.

Senti pena da minha prima. Se ela não estudava, como poderia conseguir outro trabalho e deixar de carregar aquelas coisas tão pesadas? Mas outra coisa me preocupava também.

— Este caminho aqui não é perigoso? — perguntei.

— É, sim — ela confirmou —, por isso temos de tomar cuidado. Conheci duas moças que foram levadas por grupos armados. Elas nunca mais voltaram para casa.

Shafira ficou pensativa por um tempo. Depois me olhou com o canto do olho e continuou, bem baixinho para ninguém ouvir:

— Dizem que elas viraram mulheres de rebeldes e que têm de trabalhar como escravas, fazendo tudo o que eles querem.

Assim que ela disse isso, me arrependi de ter perguntado. O que já estava difícil ficou insuportável, porque, além de cansada, eu agora estava com medo.

Cada vez que o caminho fazia uma curva, toda vez que vinha alguém em nossa direção, eu ficava alerta. E não era apenas eu. Havia uma tensão no ar, um silêncio que contrastava com as conversas e as risadas das mulheres enquanto recolhiam os galhos nas bordas da floresta.

Acho que foi o medo que me fez perceber logo que havia algo errado. Uma das mulheres que caminhava à nossa frente voltou correndo de repente, fazendo gestos com as mãos, muito assustada.

Minha mãe veio em minha direção como um raio e me arrastou para fora do caminho, ajudando-me com a madeira, amparando-me pelo chão esburacado e se embrenhando comigo na plantação mais próxima.

Só paramos quando os grandes pés de milho praticamente nos cobriram com suas folhas grandes e ásperas. Uma espiga verde com uma longa cabeleira dourada quase encostava no meu nariz.

Pusemos o que sobrou das cargas no chão. Uma boa parte dela já tinha ficado pelo caminho. Por um instante, todas ficaram em silêncio para ter certeza de que nenhum deles tinha nos seguido. Algumas se sentaram no chão, limpando com a blusa o suor, tirando os pedaços de folhas que pinicavam o rosto e as mãos.

— Tem homens do FDLR na estrada — disse a minha tia, mãe da Shafira, com a respiração ofegante. — Vamos ter de encontrar outro jeito de voltar.

Depois minha mãe me explicou que FDLR era um grupo armado criado por *hutus* que tinham participado do genocídio em Ruanda. Eles tinham muita força naquela região, dominavam estradas e povoados. Estavam lutando contra o M23, que reunia muitos *tutsis*, contra as forças armadas do Congo, contra grupos locais e todo mundo que estivesse no caminho.

Mas, naquele momento, eu só sabia que precisava fugir de novo.

• • •

Com a estrada principal tomada pela milícia, era preciso encontrar outro jeito de voltar para casa. Minha respiração nem tinha voltado ao normal e as outras já estavam em pé, juntando o que restou da lenha que tínhamos coletado.

Atravessamos rápido o milharal e passamos correndo por um pequeno pasto, desviando das vacas malhadas que pastavam no capim baixo. Entramos em uma plantação ainda nova de mandioca, tão fechada que não dava para ver os pés embaixo das folhas estreitas e compridas. E depois em uma outra que eu não conhecia, com galhos compridos e rasteiros que enroscavam nos tornozelos.

— Amendoins — disse minha prima se abaixando para pegar alguns enquanto andava. Vi os pés carregados, mas estava mais preocupada em não tropeçar nas ramas do que recolher as vagens secas como as outras faziam.

Só diminuímos o ritmo ao chegar à mata que cobria a parte mais baixa do vale. A vegetação chegava quase à minha altura e árvores cada vez maiores surgiam a nossa volta. Aos poucos, o emaranhado de cipós, folhas e galhos misturados foram tapando o céu. Uma sombra úmida, quase fria, escureceu o caminho.

Seguíamos em fila por uma trilha, acompanhando um riozinho fino meio coberto por pedras e folhagens que pendiam do barranco. Mesmo ali, as mulheres permaneciam em silêncio, alertas. O murmurinho suave da água misturava-se ao compasso dos passos sobre as folhas mortas e aos sons das aves escondidas em algum lugar em torno de nós.

— Esta é a trilha para a mina — ouvi minha prima dizer atrás de mim.

Durante todo o tempo, Shafira permaneceu por perto. Ajudou a me levantar quando prendi o pé em uma raiz e quase caí com o nariz no chão. Espantou uma aranha negra de pernas enormes que saiu de um buraco. Mostrou as pequenas borboletas amarelas e brancas esvoaçando entre as pedras.

Shafira já tinha me contado que o pai e o irmão dela trabalhavam em uma mina não muito distante da aldeia da vovó. Eles passavam semanas inteiras lá, mas a mãe dela não quis se mudar para o pequeno povoado ao lado da mina.

— A água de lá é ruim por causa dos químicos que usam para separar o ouro das outras rochas — ela explicou. — Também não teríamos terra para plantar; por isso, preferimos morar com a *bibi*.

Até as crianças pequenas do Congo sabem que nossa região tem uma das maiores reservas de minerais do mundo. Das minas do Kivu brotam diamantes, ouro e outras pedras não tão bonitas, como tungstênio, cassiterita e coltan, mas que são importantes para fazer coisas que todo mundo quer. Aprendi com Mbwana que dentro do coltan existem minérios raros, usados para fabricar aparelhos eletrônicos, como televisões, computadores, *video games*, celulares e até satélites.

No dia em que falou disso, Mbwana me ensinava a usar um celular que o papai havia comprado. Celulares ainda não eram muito comuns no meu bairro, e o aparelho foi a principal atração em minha casa durante muitos dias. Até Jena e Dan quiseram aprender como funcionava.

— A maior parte das reservas de coltan fica no Congo, Malaika. Isso quer dizer que pessoas do mundo todo levam um pedacinho de nosso país na palma da mão.

Mbwana tinha conectado o aparelho à internet e eu brincava de digitar coisas aleatórias para ver o que aparecia na pesquisa. Palavras como oceano, hipopótamo, planetas, Nova Iorque e Japão. Limpei o buscador e escrevi "coltan".

Pedrinhas acinzentadas encheram a página. Difícil acreditar que aquele minério sem graça fazia funcionar aparelhos tão maravilhosos. Mas, ao descer a página, as linhas de texto me chamaram a atenção. Eles falavam em conflito, guerra e devastação. "Coltan, o minério de sangue", estava escrito em um dos títulos.

Mbwana tirou o celular da minha mão com cuidado. Toda a animação do rosto dele tinha desaparecido.

— Todos querem os minérios do Congo, Malaika. Por isso os grupos armados nunca acabam. O mais triste é que empresas e governos do mundo todo compram o que eles arrancam de nós sem se importar com o que fazem aqui. Às vezes, eu penso se ter tanta riqueza embaixo da terra é uma bênção ou uma desgraça para nosso povo — disse ele com um pouco de raiva na voz.

Lembrar de meu irmão me encheu de saudades. Caminhando naquela floresta tão longe de Goma, eu tinha um orgulho ainda maior dele. Mbwana falava de coisas que as outras pessoas não sabiam ou pareciam não se preocupar. Mesmo sem ver de perto tudo aquilo, ele se importava.

— Cuidado, *binti*, olhe por onde anda — disse minha mãe, chamando minha atenção para a trilha.

Ela andava à minha frente e tinha se virado para falar comigo.

Senti algo mole e molhado entrando por entre os dedos dos meus pés e olhei pra baixo. *Chlep, chlep.* Sem perceber, eu pisara em uma poça de lama, em um ponto em que a trilha se aproximava do rio. Com cuidado, desviei da água, procurando as partes cobertas por vegetação. Meus pés secaram pouco depois, mas continuei por muito tempo com a cor de barro até os tornozelos. Como um sapato de terra.

O rio agora estava mais largo, a água clara corria rápido sobre o leito pedregoso. Eu não conseguia ver o Sol, mas a luz iluminava a outra margem, desenhando em detalhes as copas se sobrepondo, o verde escuro das folhas. Uma árvore bem alta, com o tronco liso e comprido, chamou minha atenção.

— É uma afrormosia — disse Shafira —, a árvore mais linda da floresta.

Ela era mesmo muito bonita. O tronco, coberto de manchas, brilhava em tons dourados e castanhos. Lá no alto, os galhos se abriam sobre uma nesga de céu azul, bem acima das outras árvores.

— Ela tem uma madeira resistente e bela para fazer barcos, pisos e móveis. Por isso, está quase desaparecendo — ela continuou. — É uma pena. Os pássaros e macacos comem as frutas e as borboletas gostam das flores da afrormosia. É também uma árvore muito forte. Quando as outras morrem, ela aproveita a claridade da floresta para crescer ainda mais.

Um pouco mais adiante, minha tia resolveu parar para a gente comer e descansar. Shafira dividiu os amendoins comigo. As mulheres descascaram as laranjas que trouxeram de casa. Bebemos de um filete de água limpa que brotava entre pedrinhas redondas dentro da mata.

— Já deveríamos estar em casa – disse minha tia. – Talvez seja mais seguro passar esta noite no povoado da mina.

Minha mãe concordou com a cabeça. O rosto dela estava rígido e fechado de novo, como se toda a casca tivesse crescido outra vez.

Eu pensei em minha avó. Ela, com certeza, ficaria preocupada. Mas a ideia de andar à noite por aquelas bandas me dava um temor tão grande que qualquer alternativa seria melhor. Além disso, eu poderia conhecer meu tio e meu primo, o irmão de Shafira.

Lembrei de meus irmãos, e uma ideia piscou na minha mente como os pontinhos de luz que salpicavam o chão escuro da floresta. Eu poderia contar para eles sobre esse primo que eles não conheciam. Falar das minas. Eu já tinha tanta coisa pra dizer! Eles me achariam sabida. Talvez até Rafiki tivesse mais paciência comigo.

Até me esqueci de que, naquela viagem, quase nada acontecia do jeito que eu imaginava.

• • •

No fim da tarde, as árvores começaram a rarear. Aos poucos, nós nos afastamos do rio e começamos a subir um morro coberto pelo mato alto. Depois de andar tanto, eu já não tinha fôlego nem vontade de explorar a paisagem. Andava de cabeça baixa, cuidando para não levar um tombo e piorar as coisas.

Apenas quando todo mundo parou, no alto do morro, eu levantei a cabeça.

Nada do que Mbwana me mostrou, nada do que papai explicou me prepararam para o que eu vi.

A floresta, o rio, as plantas, tudo tinha sumido. No lugar deles, havia um buraco. Não um daqueles pequenos que Rafiki e eu gostávamos de cavar nas margens do Lago Kivu para ver a água brotando no fundo. Aquele era um buracão enorme, como se tivessem arrancado um pedaço enorme da terra e da floresta e colocado em outro lugar.

Toda a encosta do morro até o fundo e o barranco gigantesco do outro lado eram de barro puro, sem nem um pedacinho sequer de verde. Fora da mata, as águas do riozinho que acompanhamos na trilha desciam pela ribanceira até formar um lamaçal lá embaixo.

Shafira teve de me empurrar para eu continuar andando. Começamos a descer o morro ladeando o buraco. Conforme nos aproximávamos mais, eu percebi que aquele lugar não estava vazio.

Vi pessoas enterradas no barro do fundo até os joelhos, abaixadas sobre as poças de águas escuras, esparramadas pelos degraus recortados no barranco. Elas cavavam o chão, enchiam gamelas e passavam os recipientes de mão em mão até a parte mais alta.

De início, eu não entendi onde estávamos. Mas ninguém estava preocupado em me explicar. Minha vontade era de me afastar dali e voltar para a trilha dentro da floresta. Seguir para a casa da vovó.

Saímos do caminho, com os pés afundando no barro, nos aproximando cada vez mais daquelas pessoas. Paramos quase na borda da cratera. Diante de nós, um homem alto, com uma pá na mão, despejava um monte de detritos em uma bacia grande. Outro homem jogava água sobre a mistura, e um terceiro mexia tudo aquilo com as mãos. A água barrenta escorria por uma canaleta larga de madeira até o fundo do buraco.

As roupas, os braços e os rostos deles tinham a cor da lama que descia pela canaleta. Segurei no braço de minha prima, com medo daqueles estranhos, sem coragem de chegar mais perto. Ela deixou as coisas que carregava no chão, olhou-me por um instante e apontou para o homem com a pá.

— Está tudo bem, Malaika. Estamos na mina. E este é meu pai.

• • •

Não era assim que eu imaginava.

Eu sabia que as minas não eram lugares bonitos, claro. Afinal, tinha muita terra e pedra em cima dos minérios e era preciso trabalho duro para retirá-los do solo.

Mas, ainda assim, eu esperava ver em algum lugar, por menor que fosse, o dourado do ouro, o brilho dos metais. À noite, quando fechava os olhos, imaginava meu tio e meu primo procurando as pepitas, os sorrisos se abrindo quando uma gota de ouro cintilava no fundo de uma bateia.

Eu era meio boba por pensar essas coisas, acho.

Porque não tinha nada de brilhante na mina.

Assim que nos viu, meu tio falou algo para os companheiros, tirou um pouco do barro do rosto e das mãos com a água que escorria de um cano azul e nos levou para fora do canteiro.

Enquanto minha tia explicava o que havia acontecido, ele olhou para minha mãe e para mim. Mas foi um olhar seco e rápido. Nem um pouco parecido com o da vovó no dia em que me conheceu. Ele também não disse nenhuma palavra para nós.

À medida que nos afastávamos da cratera, o chão ficava mais seco e pedregoso. Parecia um deserto que vi certa vez na página de um livro. Mas esse era deserto de terra mexida, amontoada e pisoteada. Por todo lado, pessoas quebravam pedras com pequenos martelos. O ruído seco parecia ecoar dentro da minha cabeça, *toc*, *toc*, *toc*.

De repente, meu tio parou diante de uma rocha grande e chamou:

– Kito, Kito!

Kito era o nome do meu primo de 12 anos, irmão de Shafira. Eu olhei em volta procurando por ele. Vários mineiros passavam por nós carregando sacos grandes e pesados nas costas e na cabeça. Mas não conseguia ver nenhum menino por perto.

– Kito! – chamou minha tia.

Uma voz parecida com a de Rafiki respondeu perto de nós.

– Mãe? O que você está fazendo aqui?

Só então eu percebi. A voz vinha de baixo, de algum lugar perto de nossos pés. Olhei para onde todos olharam. De um buraco escavado na rocha, bem rente ao chão, surgiu um rosto de menino, tão coberto de pó que quase só dava para ver os olhos, grandes e amendoados como os de Shafira.

— Sai logo daí, menino — disse minha tia, aflita.

O menino botou a cabeça inteira para fora. Uma pequena lanterna amarela brilhava em sua testa. O buraco onde ele estava tinha a boca quadrada, escorada por pedaços roliços de madeira nas laterais e em cima. Era tão pequeno que ele saiu com os joelhos no chão, as mãos fechadas arrastando uma pequena picareta e um saco cheio de alguma coisa pesada.

Ele deixou o saco em um canto perto de vários outros e ficou em pé, ainda com a ferramenta na mão. Kito era quase do tamanho de Rafiki, tinha os braços finos e parecia bem mais magro do que meu irmão. Ele se aproximou da minha tia com um sorriso enorme, os olhos brilhando no meio da sujeira.

— Oi, *mama*.

Pela primeira vez desde que cheguei à aldeia da minha avó, vi minha tia sorrir. Um sorriso desanimado, mas um sorriso mesmo assim. Sem se importar com toda aquela terra que cobria meu primo, ela largou tudo o que trazia e abraçou o menino com força.

— Você não devia estar trabalhando aí. Sabe que é perigoso. Já morreram pessoas lá dentro — ela ralhou.

— Só hoje, *mama* — respondeu Kito. — O buraco ainda é muito pequeno para os adultos. Amanhã volto a trabalhar com o pai.

Durante todo o caminho até o povoado, minha tia só conversou com meu primo. Meu tio seguia ao lado deles, calado, carregando os sacos e as ferramentas. Parecia até que tinham se esquecido da gente.

• • •

Passamos a noite em um barracão com paredes feitas de bambu, fechadas com tábuas e grandes pedaços de plástico. Outras famílias se espalhavam pelos cantos. Perto de nós, uma mulher mexia em uma panela enorme com uma colher de pau. O vapor quente subia da comida quase encobrindo o rosto dela. Por alguns francos, ela enchia seu prato com feijão e pedaços de fufu bem duro.

Meus pés latejavam, e eu sentia o corpo todo moído. Comi rápido, me deitei ao lado da minha mãe e dormi como uma pedra, escutando ao longe aquele barulhinho incessante, *toc, toc, toc, toc*.

Acordei no dia seguinte com o Sol batendo em cheio no meu rosto. Abri os olhos meio atordoada, sem saber direito onde estava. A luz entrava por todos os lados, misturando-se à fumaça branca que escapava pelos buracos na parede. Em meio aos ruídos das pessoas se preparando para sair, ouvi a voz de minha tia.

— Vocês chegaram em um momento ruim — dizia ela. — A aldeia está cercada pelas milícias. Muitos já foram embora por medo. Pagamos taxas ou entregamos nossos produtos para que nos deixem em paz. Mas não há garantia de nada.

Percebi logo que era uma daquelas conversas que elas só tinham quando eu não estava por perto. Virei de lado bem devagar na esteira, tentando não fazer barulho, e vi minha mãe diante dela, descascando amendoins dentro de um pote de plástico.

— Já não temos mais nada para dar — continuou minha tia. — Está cada vez mais perigoso buscar lenha. Eles estão fechando as estradas e a comida está acabando. Precisamos ir embora antes que invadam de novo a aldeia e aconteça algo pior.

— Para onde vocês acham que podem ir? — perguntou minha mãe. Os ramos secos de amendoim formavam um pequeno monte ao lado dela.

— Podemos vir para cá, por enquanto — respondeu minha tia. — *Mama* não quer deixar a terra e as plantações. Mas estou com medo de que aconteça aquilo de novo. Você sabe.

Estas últimas palavras saíram tão baixas que mal consegui escutar. Minha tia percebeu que eu estava acordada, parou de falar e cortou ao meio uma espiga de milho cozido.

O que podia acontecer de novo? Que história era aquela que ninguém contava direito? Havia um segredo, eu sabia. Percebia nas frases sem sentido, nas vozes sussurradas à noite quando pensavam que eu estava dormindo. Mas, principalmente, nas conversas pela metade, nos silêncios que pesavam igual a um pedaço de chumbo. Como agora.

Minha mãe me chamou para comer. Meus primos se aproximaram também e ninguém mais falou de ataques e mudanças. Eu fiquei feliz em ver que Kito não tinha saído para trabalhar. Ele parecia mais animado do que na véspera e até puxou conversa comigo, perguntando sobre meus irmãos e meu pai.

— Vou mostrar a você hoje uma coisa bem legal — me disse, animado. — Depois você conta tudo a eles.

Minha tia e minha mãe passaram a manhã conversando nas vendas, olhando quartos e pequenas casas de um cômodo. Deixamos as duas em uma dessas casinhas e atravessamos a rua com meu primo em direção a uma construção de madeira, de dois pisos, com a porta pintada de um azul descascado.

O povoado era pequeno, mas movimentado. Mulheres vendiam roupas e panos estendidos no chão, vendedores ofereciam produtos em tendas cobertas, motos passavam a todo momento.

Perto da entrada da casa, encostado na parede, um homem com roupas desbotadas de soldado colocava balas em um fuzil. Parei no meio da rua, sem saber se devia continuar.

– Está tudo bem – disse meu primo. – Se você não fizer nada errado, como tentar fugir com ouro ou minério, eles deixam a gente em paz. Eles controlam a lavra e não deixam outros grupos armados chegarem aqui.

Mais tarde, ele me contou que aquele grupo dominava várias minas da região. Eles compravam o ouro dos mineiros por um preço baixo e atravessavam a fronteira pelo meio da floresta para vendê-lo bem mais caro do outro lado.

Entramos no terreno da construção sob o olhar do homem de roupa camuflada. Nos fundos do quintal, meu tio conversava com um rapaz com chapéu de *cowboy* diante de uma espécie de prato de ferro cheio de brasas. No meio do carvão e do fogo, havia um pequenino pote. Dentro dele, sobre o fundo preto, brilhava um punhadinho de pó de ouro.

Partimos no meio da tarde, deixando meu tio e meu primo trabalhando na mina. Dessa vez, não precisamos atravessar matos ou lavouras. Seguíamos com cuidado pela beira do caminho, para correr se fosse preciso. Mas parecia tudo calmo, bem diferente do dia anterior, quando saímos para buscar a lenha.

— Estamos perto — disse minha prima.

Ela e eu aceleramos o passo. Tínhamos pressa de chegar, trocar aquelas roupas suadas e sujas, encontrar a vovó. Logo comecei a reconhecer as curvas, árvores e plantações que cruzamos na ida. Faltava pouco para as primeiras casas da aldeia surgirem quando vimos a fumaça.

Ela subia grossa, muito escura, em vários pontos atrás da colina. Era tão espessa que quase cobria os últimos raios de sol.

— Meu Deus, estão queimando a aldeia — falou minha mãe, parando de repente.

Ela parecia congelada, com as mãos na boca e os olhos arregalados. Mas minha tia reagiu rápido.

— Para fora da estrada, todas vocês, para fora da estrada agora! Não podemos entrar na aldeia por aqui!

Corremos para o meio do mato, seguindo minha tia, dando a volta na aldeia pelos pastos e pulando as cercas até chegarmos ao riacho onde costumávamos pegar água. Eu sabia que a casa da vovó ficava perto, um pouco mais à frente. Mas minha tia nos fez entrar na água.

Atravessamos o rio abaixadas, só com a cabeça para fora, e nos embrenhamos na vegetação alta da outra margem. Escondidas entre as folhas, pudemos enxergar a aldeia.

A casa da minha avó não existia mais. No lugar dela, ardia uma fogueira enorme. As labaredas engoliam o telhado, o que restou das paredes e tudo o que havia dentro. Outras casas da aldeia também queimavam.

Homens armados com facões e fuzis se aproximavam da casa da vizinha da minha avó. Alguém saiu correndo da casa. Ouvimos gritos e estampidos. A pessoa caiu. Lembrei-me da moça bonita que conhecemos no primeiro dia. A que usava tranças e me fez esquecer por um minuto o medo e o cansaço. Não dava para ver direito na penumbra, mas meu peito gritava "eles atiraram nela, eles atiraram nela".

Minha tia nos tirou de perto da margem e nos escondeu entre as árvores, atrás de uma pedra grande de onde não se podia ver nada. Mas minha mãe não se acalmou. Ela queria voltar, chorava e falava ao mesmo tempo, com a voz tremendo.

— A *mama*, temos de salvar a *mama*!

Aquela não parecia minha mãe, sempre tão concentrada e determinada. Senti que ela poderia sair correndo, atravessar o rio e entrar na casa em chamas do outro lado. Sem se preocupar com os homens armados, sem medo de levar um tiro ou morrer queimada.

Minha tia fechou a boca dela com a mão e segurou firme seu braço, olhando direto para os olhos dela.

— Pare. Fique quieta. Não vê que podemos colocar as meninas em risco? – sussurrou com a voz enérgica. – Fique aqui com elas, eu vou procurar a *mama*.

Minha mãe parou de gritar e deixou cair os braços. Sentou-se encostada na pedra, respirando com dificuldade, os olhos fechados, murmurando *"mama"*, *"mama"*, *"mama"*.

Minha tia se afastou rápido, mas com cuidado. Eu não sabia o que fazer. Era só uma menina e queria minha mãe de volta, cuidando de mim. Mas ela não podia. Pela primeira vez, ela não podia.

Eu queria dizer *"itakuwa nuzuri"*, vai ficar tudo bem, como ela fazia quando as coisas estavam difíceis. Mas não consegui. Apenas me sentei junto dela e encostei minha cabeça no seu ombro. Ela me abraçou. Senti Shafira ao meu lado, sem uma palavra, sem um soluço.

Não sei quanto tempo passamos ali, encolhidas e abraçadas. O dia se foi, o céu se cobriu de estrelas, a única luz vinha das chamas do outro lado do rio.

Os tiros já tinham parado há algum tempo quando ouvimos o som de passos se aproximando. Minha mãe nos apertou ainda mais, senti o coração dela acelerando contra meu peito. Uma sombra surgiu dentre árvores. Firmei os olhos.

Era minha tia.

Apoiada no braço dela, curvada e andando com dificuldade, vinha também minha avó.

Aquela foi a pior noite da minha vida. Com frio, molhada e com fome, sem poder acender o fogo para não chamar atenção, com medo das sombras e do barulho dos animais no mato. Mas estávamos todas ali, juntas.

No dia seguinte, os capacetes azuis apareceram. Chamaram as pessoas escondidas no mato e apagaram os últimos focos de incêndio. Quando entramos na aldeia, os corpos não estavam mais lá.

Não conseguimos salvar nada. A sorte foi que minha mãe tinha levado nosso dinheiro com ela. Minha avó se machucou muito na fuga e não conseguia apoiar o pé no chão. Disseram que ela precisava ser tratada em um hospital da cidade. Saímos só com as nossas roupas, sem olhar para trás, em uma camionete branca parecida com aquela que tinha nos tirado de Goma.

Na cidade, enquanto minha mãe e minha tia acompanhavam a vovó, Shafira e eu esperamos em um banquinho de cimento ao lado da entrada do hospital. Ela não parecia querer conversar, mas eu precisava saber.

– O que aconteceu da outra vez, Shafira, quando minha mãe estava na aldeia?

Ela terminou de comer o pedaço de pão que nos deram na chegada e amassou o papel da embalagem até virar uma bolinha.

– Foi antes de a gente nascer, Malaika – ela disse. – Sua mãe já morava na cidade, mas estava passando uns dias na casa da *bibi* com seu pai e seus irmãos. Quando o bando chegou, as mulheres e as crianças conseguiram fugir pelos fundos. Nosso avô não teve tempo. Atiraram nele dentro de casa.

Shafira jogava a bolinha de uma mão para outra, sem olhar para mim.

— Os homens também levaram nosso tio. Ele tinha a nossa idade, Malaika. Foi obrigado a virar soldado e a lutar com os rebeldes na guerra. *Bibi* não gosta de falar nisso. Mas sei que ele morreu brigando nos matos. Ninguém sabe onde foi enterrado. É por isso que *mama* deixa Kito trabalhar na mina. Acha que ele está mais seguro lá do que em casa. Muitos meninos da aldeia entram para as milícias.

O barulho de um motor fez minha prima olhar para a rua. Um caminhãozinho estacionava do outro lado. Alguns rapazes saíram do hospital e começaram a tirar pessoas feridas da carroceria. Um menino bem pequeno chorava no colo de uma mulher. A saia dela estava toda suja de barro e sangue.

— Eles ficaram um tempo em um campo de refugiados. Sua *mama* queria que todos fossem embora para Goma – continuou ela –, mas *bibi* se recusou e voltou para o povoado. Sua *mama* partiu com seu pai e seus irmãos e não voltou mais. Até agora.

Shafira se levantou do banco. Minha mãe saía do hospital apoiando minha avó, que tinha a perna direita enfaixada até a altura do joelho. Vendo as duas juntas, eu entendi.

Minha mãe já havia passado por tudo aquilo. Ela sabia que minha avó e a família da minha tia estavam em perigo. Por isso viemos para o meio do conflito em vez de fugir dele como os outros.

Talvez ela quisesse consertar as coisas. Fazer o que não pôde fazer mais de dez anos atrás.

Agora estava acontecendo de novo. Era a guerra que nunca acabava. Mas, dessa vez, eu sabia, ela não queria fugir, deixando os outros para trás.

• • •

Se eu pudesse escrever um livro, desses com final feliz, eu contaria que voltamos para nossa casa em Goma. Que vovó e meus tios se mudaram para perto da gente, que Shafira e Kito foram estudar em nossa escola.

Era isso que minha mãe queria, e eu também.

Mas, na minha história, os finais felizes demoram para acontecer. Ou nunca acontecem. Muito tempo depois, minha mãe me disse que as histórias nunca acabam de verdade. E que era preciso encontrar os momentos felizes no meio da história mesmo. Mas até esses momentos pareciam desaparecidos.

Naquele mesmo dia, minha mãe mandou mensagem ao papai. A primeira notícia era boa. O M23 tinha concordado em sair de Goma e as forças do governo haviam voltado para a cidade.

Como dizia papai, "provocavam o conflito para pedir alguma coisa em troca". Eles conseguiram o que queriam, e nós estávamos ali, longe de casa, de Rafiki e Mbwana. Mas, dessa vez, não senti raiva. Nada disso importava mais. Eu estava cansada, só queria voltar para casa.

Mas não podíamos. Porque a segunda notícia era bem ruim.

— Eles acham que você traiu o governo, que estava ajudando os rebeldes — escreveu papai. — Querem saber onde vocês estão, chegaram a ameaçar os meninos no caminho da escola.

— Mas não podemos voltar, ficar na casa de algum conhecido por algum tempo? — escreveu mamãe.

— É perigoso — respondeu ele. — Você sabe que estão prendendo pessoas que são contra o governo. Tem muita gente desaparecida. Estou preocupado com os meninos. Vamos para Ruanda. Ficaremos lá até as coisas se acalmarem por aqui.

Tudo isso eu li no celular, mas demorou para entrar na minha cabeça. Estávamos fugindo dos rebeldes e agora tínhamos de nos esconder também das forças do governo. E não tínhamos feito nada de errado! Era tão injusto que senti minha cabeça ferver. Tinha vontade de gritar e falar palavras feias. Por que não podemos simplesmente voltar para casa?

Dessa vez, minha mãe não disse uma palavra, não mexeu um músculo do rosto. Apenas agiu. Mandou outras mensagens, conversou com pessoas da ONU, do hospital e andou pela cidade.

Mais tarde, quando nos sentamos para comer, ela já tinha uma solução.

— Vamos para Kinshasa. Todas nós. A sede da empresa que eu trabalhava fica lá. Tenho alguns amigos, podemos ficar na casa deles por um tempo. Eles podem ajudar a acabar com esse mal-entendido.

Estávamos em um quarto emprestado por uma mulher que trabalhava no hospital. Mas só podíamos ficar ali até o dia seguinte. Era preciso resolver o que fazer.

— Eu não vou – disse minha tia. – Shafira e eu vamos voltar para a mina. Não posso deixar meu marido e meu filho lá sozinhos.

— Então vamos todos! – disse minha mãe, elevando o tom da voz.

— Vamos como, *dada yangu*, minha irmã? – respondeu minha tia. – Não temos dinheiro nem para comer! O seu está no fim. Não é suficiente para pagar a viagem de todas nós.

Minha mãe se levantou, deixou o prato em uma mesinha de canto, se virou para a parede, inconformada com aquele arranjo. Eu podia perceber que ela tentava achar uma solução. Esperei que dissesse alguma coisa. Mas, em vez disso, ela abriu a porta e saiu do quarto. Minha tia foi atrás dela.

Shafira e eu não nos movemos. Vovó estava deitada na cama, com o rosto voltado para a parede. Parecia dormir. Minha prima levantou a colher, mas colocou-a de novo no prato sem comer. Seus olhos estavam vermelhos e molhados.

— Me leva com vocês, Malaika – disse ela. – Isso aqui é um inferno. Estou cansada de trabalhar e ter medo o tempo todo. Quero estudar!

Eu olhei para ela, surpresa. As lágrimas escorriam pelo rosto da minha prima, pingavam no prato, misturando-se à comida.

— Quero ser como sua mãe. Saber as coisas, trabalhar, ter dinheiro para tirar meu irmão daquela mina... Tenho medo de que ele morra soterrado. Tenho medo de que meu pai leve um tiro. Tenho medo de tudo.

Eu queria responder, mas as palavras formaram um bolo na minha garganta. Se eu pudesse, pegaria minha prima pela mão e a levaria para longe dali. Mas o que duas meninas podiam fazer? Eu não sabia o que dizer, como não sabia na última vez que Jena e eu conversamos. A diferença é que agora eu não confiava mais nos capacetes azuis, nos soldados do governo, em nenhum deles.

Antes que nossas mães voltassem, Shafira limpou rápido as lágrimas com as costas da mão. Depois colocou a colher cheia de arroz na boca e comeu devagar até o último grão.

Na manhã seguinte, já estava tudo resolvido. Minha mãe, vovó e eu iríamos para Kinshasa. Era uma viagem longa e difícil, minha mãe me explicou. Atravessaríamos o país, primeiro por terra e depois pelo grande Rio Congo até a capital.

Na hora combinada, seguimos a pé para o local de embarque. Dessa vez, não viajaríamos na carroceria de nenhuma camionete ou caminhão. Os amigos de minha mãe haviam conseguido um lugar para nós em um ônibus pequeno. Ela me colocou no banco perto da porta e voltou para ajudar minha avó. Mas a *bibi* não se mexeu.

— Eu não vou, *binti*.

Eu levei um susto. Todo mundo parou o que estava fazendo e olhou para minha avó.

— Como não vai, *mama*? Vamos, ande logo, o carro já vai sair – disse minha mãe, estendendo a mão para ajudar minha avó a entrar.

— Já disse que não vou, *binti* — ela repetiu com a voz calma, a cabeça erguida.

— Como assim, *mama*? Eu vim até aqui para te buscar!

— *Mpenzi*, eu estou velha e doente. Não vou aguentar essa viagem tão longa. Eu posso ficar com sua irmã, passar um tempo no povoado da mina, tudo vai se ajeitar.

Minha mãe respirou fundo. O motorista ligou o motor do carro.

— Vamos logo, pessoal — gritou da cabine.

— *Mama*, eu não vou deixar você aqui de novo — disse minha mãe, devagar. — Tem lugar para você no ônibus. Você vai morar comigo. Quando voltarmos para Goma, a gente traz os outros, eu prometo.

Ela quase implorava, mas minha avó permanecia parada, apoiada em um pedaço de pau que servia de bengala improvisada.

— Você pode fazer uma coisa melhor, *binti* — continuou minha avó. — Leve a Shafira. Ela precisa de uma chance. A mesma que você teve.

Minha prima estava ao lado da minha tia, um pouco afastada do ônibus. O rosto dela ficou corado, seus olhos se arregalaram. Meu coração começou a bater mais forte e, dessa vez, não era de medo.

— Tenho orgulho de você, *binti* — continuou vovó. — Ver você de novo e conhecer Malaika foi uma alegria para mim. Todo o resto não importa mais. Minha terra é aqui. Shafira precisa de um futuro.

Por uns segundos, minha mãe ficou calada, os olhos presos no rosto da minha avó. Depois se virou para minha tia. Ninguém precisou falar nada. Com um gesto de cabeça quase imperceptível, ela concordou. Minha prima poderia ir conosco.

Não tínhamos mais tempo. O motor nos apressava, os outros passageiros esperavam. Minha tia falou com minha prima baixinho por alguns segundos. Depois remexeu a pequena trouxa que minha avó havia trazido. Dentro dela, havia uma troca de roupas de Shafira.

Antes de sairmos, vovó se aproximou do ônibus. Encostou sua mão áspera no meu rosto, fez um carinho em meus cabelos.

Hoje eu percebo que nunca dei um beijo ou um abraço na minha avó. Ela não era mulher de muitos carinhos, palavras complicadas ou longas conversas. Precisava catar lenha, tirar comida da terra e cuidar da família do jeito que dava. Mas não esqueço daquele toque, do olhar tão doce como a fruta mais doce de sua terrinha na aldeia.

— Você é uma menina muito corajosa. Sei que vai ajudar sua *mama* e sua *binamu*, sua prima — ela me disse pela janela, antes de se afastar devagarinho apoiada em minha tia.

Foi a última vez que vi minha *bibi*.

Corajosa. Fiquei pensando naquela palavra enquanto o ônibus nos tirava da cidade, da nossa província. Não, eu não era corajosa. A vida me levava do jeito que queria, e eu não podia fazer nada para impedir. Sentia a cabeça pesada, um vazio de vontade, uma fraqueza no peito e nas pernas...

A meu lado, Shafira chorava em silêncio com o rosto virado para a janela. Eu sabia o que era deixar as pessoas que a gente mais ama para trás. Mas minha mãe estava comigo, sentada do outro lado do corredor, enquanto a dela ficava cada vez mais distante.

• • •

    Seguíamos para Kisangani, onde ficava o porto do Rio Congo mais próximo de nós. Lá, pode-se entrar em um barco e viajar até Kinshasa, a capital do meu país, sem nenhuma cachoeira no caminho.

— Vamos rodar novecentos quilômetros — disse o motorista logo que saímos, uma informação que, na verdade, não dizia nada do que eu precisava saber.

— Quanto tempo demora para chegar, *mama*? — perguntei.

— Se não chover, estaremos lá em um ou dois dias — disse ela.

Mas é claro que choveu. Foram duas noites e três dias de viagem, primeiro por uma estrada tão lisinha e larga que nem parecia de terra. Depois deslizando de um lado para outro, desviando dos atoleiros e buracos, torcendo para a chuva fina não virar temporal e o caminho desaparecer na enxurrada.

Às vezes, o motorista não conseguia desviar e as rodas ficavam presas no barro. Shafira e eu esperávamos na chuva, do lado de fora, enquanto minha mãe e os outros ajudavam a empurrar o carro, afundados na lama até os joelhos.

Ainda assim, era muito bom voltar para dentro do nosso pequeno ônibus, sem vento ou água na cabeça. As pessoas que passavam por nós nos caminhões, protegendo-se com plásticos, sobre os sacos de cebola e feijão que saíam do Kivu, não tinham essa sorte.

Dormíamos sentadas no banco ou nas lonas esticadas no mato quando a chuva dava uma trégua. Comíamos o que vendiam em barraquinhas coloridas na beira da estrada. Nem sei quantas vezes paramos em *checkpoints*, com homens armados entrando no ônibus, fazendo perguntas e, às vezes, pegando dinheiro dos passageiros.

Foi um alívio ver a estradinha vermelha entrando na floresta fechada, deixando os povoados e *checkpoints* para trás. As árvores formavam muralhas gigantes nos dois lados do caminho, tapando qualquer coisa que não fossem as plantas e a poeira dos caminhões que cruzavam por nós em sentido contrário.

— Entramos na Reserva de Vida Selvagem Ocapi — gritou o motorista lá na frente.

Eu sabia o que era um ocapi. Lembro nitidamente do animal estranho que vi em uma fotografia. Tinha o corpo parecido com uma girafa pequena, mas de cor escura, com o pescoço mais curto, as orelhas grandes, as pernas de trás listradas como as das zebras.

Minha professora ensinou que os ocapis são muito bons em se esconder nas florestas.

— Durante muito tempo, os europeus ouviam histórias sobre eles, mas não conseguiam encontrar nenhum. Chegaram a chamá-lo de unicórnio africano, porque achavam que era um animal inventado pelos moradores do Congo — ela contou.

Lembrar da minha professora me deu uma saudade enorme da escola, daqueles dias que só precisava andar um pouquinho e me sentar em uma carteira para aprender tantas coisas. Mas também era bom ver de perto coisas que eu só conhecia no papel.

Acho que foi por isso que resolvi falar sobre o ocapi para Shafira. Desde a nossa saída, ela ficava quase o tempo todo olhando pela janela sem se interessar de verdade por nada lá fora.

– Sabia que os ocapis só existem em liberdade nesta região do Congo? – perguntei.

Ela não respondeu, mas eu continuei a falar. Contei que, apesar de serem espertos e ariscos, eles não conseguem mais se esconder dos caçadores e correm o risco de desaparecer. Por isso fizeram aquela reserva florestal.

Ela continuou calada, mas notei que passou a olhar com mais atenção para a floresta, como se buscasse um animal de pernas de zebra e jeito de girafa. Mesmo procurando muito, até as árvores diminuírem e as cabanas reaparecerem, não conseguimos avistar nenhum.

– Talvez seja melhor assim – ela disse, ainda olhando para fora. – Se ficarem bem escondidos, quem sabe não sejam mortos pelos caçadores.

Sim, eu pensei. Essa era uma boa coisa para pensar.

• • •

De Kisangani, eu me lembro do tumulto de veículos, passageiros e homens carregando e descarregando caminhões. Os dois lados do Congo, o que chegava da capital pelo rio e o que vinha do Kivu como nós, se encontravam naquele estacionamento gigantesco.

Também me recordo do sabor do peixe defumado com folhas de mandioca que comemos em um bar ao lado de uma igreja enorme. E de minha mãe arranjando um punhado de coisas no mercado: dois colchões bem finos de espuma, panela, balde, um pedaço de lona amarela bem dobrada, um pedaço de corda.

Só entendi quando chegamos ao porto.

A barcaça era gigantesca. Mas não havia cabines e lugares confortáveis como os que vemos nos navios das fotografias. Era apenas um *deck* liso, igual ao das embarcações que carregam contêineres.

A única diferença é que a carga éramos nós. Cada um se ajeitava como podia, montando barracas improvisadas, esticando plásticos e panos, arrumando suas coisas entre a sacaria e as toras de madeira.

Uma multidão se espremia no convés disputando o melhor lugar, um espaço suficiente para se proteger e guardar comida, água, trouxas, pacotes, roupas, carvão e tudo o mais que é necessário para viver.

Montamos nosso abrigo em um local distante da borda, mas não longe demais, para não ficar difícil de sair depois. Logo não restava mais nenhum pedacinho de chão vazio. Se alguém se descuidasse, acabava perdendo seu lugar. Por isso minha mãe, Shafira e eu nos encolhemos sob o pequeno quadrado de sombra amarelada que se formou embaixo da lona até todo mundo se acomodar.

O Sol estava alto quando a fumaça escura subiu do rebocador bem atrás de nós e o motor começou a roncar. Lentamente vimos o porto se afastar até desaparecer em uma curva do rio. Shafira encostou a cabeça no meu ombro e apertou minha mão.

• • •

No início, até tentamos contar os dias. Mas foram tantos dias e noites que perdemos a conta. Também não adiantava perguntar para mamãe quando íamos chegar. As previsões viravam ar toda vez que o motor parava ou o barco enroscava porque estava muito pesado ou o fundo perto demais.

Acordávamos com a luz do Sol e o burburinho das pessoas conversando, cozinhando, lavando, jogando e cuidando de crianças. Se você não olhasse para aquele monte de água prateada ali tão perto, podia sentir que estava dentro de uma aldeia. Uma aldeia muito espremida e barulhenta, onde se fazia de tudo, inclusive comprar e vender coisas.

Não havia comida nem água a bordo. Tudo tinha de vir de fora, pelo rio.

Para ter água, jogávamos um balde amarrado em uma corda. Depois o puxávamos de volta e minha mãe fervia o líquido barrento "para matar os micróbios". A maioria não tinha esse trabalho e tomava a água sem cuidado nenhum, do jeito que ela saía do rio.

Para a comida, havia as pirogas.

Elas chegavam quase o dia todo. Eram canoas estreitas e compridas, feitas em longos troncos de madeira. Algumas pareciam estar à nossa espera, outras partiam rapidamente assim que nos avistavam das pequenas povoações meio escondidas entre palmeiras e árvores frondosas nas margens do rio.

Homens, mulheres e crianças remavam em pé, equilibrando-se nos barquinhos. Ao chegar, prendiam as pirogas na barcaça e desciam com suas mercadorias: peixes, frutas, verduras, carvão e até animais vivos, como porcos e galinhas. Quem estava a bordo comprava, mas também vendia ou trocava. Roupas, sapatos, remédios, pilhas, bebidas e todo tipo de coisa que vinha da cidade ficavam expostos sobre panos e esteiras.

Depois dos primeiros dias, Shafira e eu passamos a conhecer melhor aquele mercado flutuante. O que mais me impressionava eram os bichos. Minha mãe disse que era proibido, mas vimos muitos macacos e papagaios presos em jaulas de bambu. Uma vez trouxeram até um crocodilo vivo, com a boca enorme amarrada por uma corda. Ele se debatia, batendo com o rabo na lateral da canoa. Foi a primeira vez que vi um crocodilo de verdade. Não sei o que fizeram com ele.

A barcaça fervia o dia inteiro, mas nem assim animava minha mãe. Ela comprava alguma comida e preparava para nós. Depois passava horas quieta, olhando o rio, sem se incomodar com os ribeirinhos que anunciavam seus produtos aos gritos ainda dentro da água.

Mas de tanto ela olhar, ou a viagem demorar, acho que as águas, bem devagarinho, começaram a levar embora um pouco da tristeza da minha mãe.

Ou então foi o bebê.

Ainda me lembro do entardecer daquele dia. O pôr do sol no Rio Congo em dias de céu claro era tão lindo que dava vontade de parar tudo e ficar só assistindo.

O Sol queimava no horizonte, pintando o céu e as águas com tons oscilantes de amarelo e vermelho. O rio, de tão calmo, tinha virado espelho, refletindo um homem de camiseta vermelha que remava de volta para sua aldeia. Se tivesse papel e lápis de cor, podia desenhar aquele homem, um ponto vermelho navegando por cima e por baixo da água.

Aos poucos, a chama que restou no horizonte foi diminuindo, engolida por um azul muito escuro, até que tudo se apagou de vez. Não havia luz nem dentro nem fora do barco. Nem lâmpada, nem Lua, nem fogo.

Estávamos parados. Era muito perigoso viajar à noite sem enxergar o que havia pela frente. Algumas vezes, até durante o dia, os homens que trabalhavam no barco usavam uma vareta bem comprida para medir a profundidade do rio. Os passageiros comentavam que uma embarcação como a nossa havia afundado algumas semanas antes. Muitas pessoas morreram.

Sem o ruído constante do motor, ouviam-se apenas algumas pessoas conversando e o som distante de um radinho de pilha. De repente, escutei um grito abafado. Depois outro, e outro. Parecia que vinham de uma mulher em algum ponto do outro lado do barco.

Minha mãe se sentou, as pessoas se alvoroçaram em torno de nós. A luz redonda de uma lanterna começou a se mover, mostrando pernas, panos e rostos surpresos. Alguém da equipe do barco passou por nós, desviando-se das pessoas deitadas sobre as esteiras.

— Ela vai ter o bebê — disse uma mulher ao nosso lado.

Minha mãe se levantou rápido, ligou a lanterna, que usávamos pouco para economizar as pilhas, procurou algo em nossos guardados, pegou uns panos e a garrafa de água fervida.

— Fique aqui com Shafira, eu volto logo — ela disse, rumando às pressas para onde vinham as vozes.

Não havia nenhum médico no barco, eu sabia. Minha mãe nos disse logo nos primeiros dias que não podíamos ficar doentes. Muitas vezes, as pessoas vinham pedir um remédio para dor, algum comprimido que minha mãe sempre levava na bolsinha de pano.

Fiquei pensando na mulher. Como o bebê iria nascer naquele lugar tão confuso e sujo, sem médico nem hospital, no meio do rio e da escuridão? Mas mamãe demorou tanto que dormimos antes que ela voltasse.

Quando acordei, o cheiro de fufu subia de uma panela sobre um pequeno braseiro. Também havia ervas, verduras picadas em um prato e um pedaço de peixe já cozido. Minha mãe estendia os panos lavados em uma corda.

— O bebê nasceu forte e saudável — ela disse antes que eu perguntasse.

Enquanto enchia um prato, ela contou que a mãe da criança, chamada Niara, ainda estava fraca e precisava comer bem para ficar mais forte. Durante todo aquele dia e os dias seguintes, ela saía e voltava do nosso abrigo levando comida, roupas e água limpa.

O dia em que trouxe o bebê para o nosso lado do barco foi uma festa. Todo mundo queria ver o menino de perto. Ele tinha o rostinho bem redondo, os olhos vivos, e parecia tranquilo no colo da minha mãe. Observando os dois no meio das mulheres, notei também outra coisa. Depois de muito tempo, minha mãe parecia feliz.

• • •

Em dias bons como aquele, eu imaginava como seria viver ali, nas margens do Congo.

— O rio é tudo para eles — dizia minha mãe. — Meio de transporte, comida, água para beber... É a única ligação que essas pessoas têm com as outras regiões do Congo e com o resto do mundo.

As choupanas cobertas de palha eram ainda mais simples do que as casinhas na aldeia da vovó. Passando pelos vilarejos, bem perto da margem, eu podia ver e ouvir as pessoas lavando roupas, louças e tomando banho nas águas do rio.

Em uma manhã, avistamos um grupo de crianças do meu tamanho remando em uma pequena canoa. Todas usavam uniforme de escola. Uma menina acenou para nós. Ela tinha o cabelo trançado com fios coloridos de azul, vermelho e verde e um sorriso bonito. Seria bom poder sair daquele barco e seguir com elas para a terra. Fazer todas as coisas que não se pode quando o espaço que você tem mal dá para esticar as pernas.

À noite, havia rezas. E, algumas vezes, também festas, com muita música e dança. Eu era desajeitada, mas Shafira não desistia de me ensinar os passos e movimentos dos quadris da *mutwashi*, um ritmo que se dança muito no Congo.

Mas havia dias difíceis. Dias em que a comida faltava, o tempo não passava, as pessoas ficavam doentes e não melhoravam com os remedinhos da minha mãe.

Era pior quando a chuva começava e não parava por dias. Não dava para acender fogo nem caminhar no barco. As margens desapareciam e navegávamos embrulhadas na lona, em um mundo encharcado de água por todos os lados.

Nesses momentos, os ribeirinhos lutavam contra as águas pesadas para alcançar o barco. Os que chegavam tinham depois de tirar a água do fundo das canoas com canecas de plástico.

Eu sempre torcia para que conseguissem. Era o único jeito de obtermos comida. Além disso, eu sabia, eles precisavam vender seus produtos e levar as coisas de que necessitavam para as aldeias.

Mas alguns, principalmente meninos e meninas, não tinham tanta força para remar e ficavam para trás. Era triste vê-los parar e sumir no meio do aguaceiro.

Nos últimos dias da viagem, os povoados e as matas desapareceram. As únicas árvores que víamos estavam mortas, empilhadas nas margens nuas, descendo o rio sobre as barcaças ou amarradas, formando grandes jangadas.

Surgiram os atracadouros, as construções de tijolos, as casinhas espetadas no rio sobre grandes estacas, os prédios baixos por trás delas.

Três semanas depois da partida em Kisangani, desembarcamos no porto lotado de barcaças da capital do Congo.

• • •

Para mim, que vinha de um vilarejo, da floresta e do grande rio, Kinshasa era grande e barulhenta demais. Dela me lembro apenas do trânsito movimentado e dos edifícios altos no caminho entre o porto e a casa dos amigos da mamãe.

Ficamos lá por muitos dias. O casal tinha estudado com a minha mãe no Kivu antes de se mudar para Kinshasa. Eram simpáticos e sempre traziam coisas gostosas para nós, como doces e bolachas.

Shafira, que nunca tinha experimentado nenhuma daquelas guloseimas, achou tudo muito doce no início. Mas ficou espantada com a quantidade de comida, a água que chegava pelos canos, as lâmpadas que se acendiam à noite... A hora do banho, então, foi um acontecimento. Minha prima brincava com a espuma do sabonete como se fosse uma menininha. E não queria mais sair de baixo da água quente do chuveiro.

Durante esse tempo, minha mãe tentou contato com o papai várias vezes. Mas ele nunca visualizava as mensagens nem atendia às ligações.

— Eles devem ter perdido o celular ou não podem carregar a bateria – ela me disse, tentando disfarçar a preocupação.

Por fim, a empresa da mamãe mandou avisar que ela não podia voltar ao trabalho. Os homens do governo continuavam procurando por nós. Se nos encontrassem, coisas ruins poderiam acontecer.

— O único jeito de vocês viverem em segurança é saindo do país — disse a amiga dela em uma manhã durante o café.

Deixar o Congo. Nós tínhamos atravessado o país para descobrir que não havia mais lugar para nós em nossa própria terra. Para onde podíamos ir agora? O mundo era grande, mas também não nos queriam do lado de fora. Muitos países se recusavam a receber os congoleses.

Até o fim eu mantive, bem no fundo, uma esperança de que poderíamos ficar. Mas eu sabia que minha mãe não tinha opção. Ela não podia trabalhar, nosso dinheiro tinha acabado, não podíamos voltar para casa e não sabíamos onde o papai e os meninos estavam.

Uma noite, os amigos de mamãe nos deixaram no grande porto diante do mar.

Uma parte da minha história acabou ali. Nas entranhas de um navio, vagando pelo Oceano Atlântico, deixando a África para trás.

. . .

Foi uma longa viagem. Mais comprida do que as estradas do Kivu, mais demorada do que descer lentamente o Rio Congo e mais difícil que todas essas viagens juntas.

Não nos faltavam comida ou roupas, nem uma cama com colchão para dormir à noite. O que faltou naquele navio foi uma coisa que eu nunca imaginei que deixaria de ver ou sentir.

No início, eu não percebi.

Horas depois da nossa partida, despertei na penumbra em um quarto com dois beliches e nenhuma janela. Shafira ainda dormia, mas minha mãe não estava na cama. Fui até a porta e a encontrei no corredor com um balde e um rodinho na mão.

Ela me pediu que chamasse minha prima, nos levou até uma pequena cozinha, nos deu café e uma fatia de pão que tirou de um pacote de plástico.

— Já estamos em alto-mar — ela disse. — Está tudo indo muito bem.

Não sei se foi o pão com café ou a noite bem dormida em um colchão macio e protegido. Mas a ideia de estar no meio do oceano me deu vontade de explorar. Eu queria ir lá fora, subir no convés, ver com os olhos o que só existia na minha imaginação. O mar azul até o infinito, as ondas batendo no barco, o céu livre e aberto, longe de tudo que existia em terra.

Eu mal me segurei enquanto terminava de comer e tomava um banho em um chuveirinho de água morna no banheiro do fim do corredor. Limpa, de barriga cheia e com Shafira ao meu lado, eu estava pronta.

— Podemos ir lá em cima agora, mãe? — perguntei.

Minha mãe estava lavando louça, uma montanha de pratos, copos e talheres que enchiam a pia de metal. Não conseguia entender como ela podia não estar animada depois de tudo o que tinha me dito na véspera sobre aventuras em terras distantes.

— Não, não podemos subir hoje — ela respondeu.

— Por que não podemos, *mama*?

Ela fechou a torneira, se virou para nós com um prato ensaboado na mão.

— Não podemos porque o administrador do navio não sabe que estamos aqui. Se ele e os passageiros descobrirem, podem nos mandar desembarcar na próxima parada e nos denunciar. Temos de ficar aqui embaixo, quietas, entenderam?

Eu entendia, mas quase não podia acreditar. Será que nunca, nunca mesmo, a vida pode ser do jeito que a gente sonha?

— Mais tarde, à noite, a gente pode subir um pouco, está bem? Imagine como deve ser linda a noite no convés do navio.

A voz dela agora estava mais suave. Sim, sair à noite era um consolo. E tínhamos o pão, o colchão e o chuveiro. Outro dia, com certeza, poderíamos subir.

• • •

Só que esse dia nunca chegou.

Nossa rotina no navio não mudava quase nunca.

De dia, ficávamos no porão limpando e arrumando os alojamentos das mulheres que trabalhavam oficialmente no navio. Havia vários quartinhos como o nosso e muito trabalho para fazer. Varrer, lavar os banheiros, arrumar a cozinha e tudo o que estivesse sujo ou fora do lugar. Quando sobrava um tempo, Shafira e eu dormíamos um pouco para podermos ficar mais tempo acordadas à noite.

E como esperávamos a noite!

Depois que os funcionários já estavam em seus aposentos, conversando ou se preparando para dormir, minha mãe, Shafira e eu subíamos ao convés. Ficávamos em um canto, entre os contêineres, para não sermos vistas por algum passageiro que ainda estivesse fora das cabines.

Não era o mar azul e luminoso que eu imaginara. Do lado de fora, a grande massa de água se movia, muito escura, iluminada apenas pelo reflexo de algumas luzes fracas ainda acesas no navio. Não dava para enxergar mais do que alguns metros.

Ainda assim, minha mãe ficava muito tempo olhando o oceano, pensativa, enquanto Shafira e eu nos divertíamos, tomando cuidado para não falar ou cantar muito alto.

Quando chovia muito, passávamos dias e dias sem sair do porão. Nossa única visão do mundo exterior era pelas janelinhas pequenas e redondas do corredor, que ficavam bem no nível da água.

Espiávamos toda hora por aquela pequena abertura, vendo as águas misturadas do mar e da chuva, esperando que o cinza desse lugar ao azul naquele pedacinho de mundo transparente, metade água, metade céu.

Nesses dias, minha mãe se apagava como a luz do sol. Às vezes, ela demorava muito para sair da cama, não queria falar nem se mexer. Shafira e eu tentávamos fazer o serviço o melhor possível para ninguém perceber o atraso e reclamar.

Depois, ela se levantava e começava a trabalhar, mas parecia que só o corpo estava em pé enquanto o resto continuava lá, encolhido na cama.

Uma noite, depois de muito tempo, quando subimos ao convés, Shafira me chamou:

– Veja, Malaika!

Eu olhei para onde ela apontava. Bem perto do horizonte, gorda e perfeita, a Lua cheia brilhava no céu e no mar, iluminando uma pequena nuvem e a espuma das ondas que moviam a superfície da água. O oceano assim ficava mais vasto, com uma beleza misteriosa, que enchia os pulmões como o ar fresco e limpo depois da tempestade.

É engraçado como as coisas muito simples e comuns podem ficar importantes quando tudo o mais desaparece. Nas noites seguintes, subíamos animadas para brincar na claridade e ver a Lua passeando, cada dia em uma posição diferente.

Mamãe começou a nos falar do céu, a nos guiar entre a infinidade de estrelas, mostrando os desenhos que os povos antigos encontraram no espaço. Descobrimos a Constelação de Órion, com suas três estrelinhas juntas e brilhantes formando o Cinturão do Guerreiro. E aprendemos a encontrar facilmente o Cruzeiro do Sul.

– As estrelas e constelações foram as primeiras bússolas dos marinheiros – ela disse. – Se soubermos ler o céu, podemos encontrar o caminho no mar.

Deitadas no chão balançante do navio, nós aprendíamos e brincávamos de encontrar nossos próprios desenhos. Bichos, flores e pessoas brilhavam na ponta dos nossos dedos enquanto minha mãe contava histórias de grandes viagens, do tempo em que as pessoas ainda não sabiam que podiam atravessar aquele mar e chegar a outro continente.

Ela falou também dos africanos escravizados que percorreram aquele mesmo caminho, trancafiados e amontoados em porões sem a comida, a cama e o conforto que tínhamos agora.

Eu não aprendi a ler o céu como os marinheiros, mas a Lua, as estrelas e as histórias de minha mãe nos guiaram em segurança naqueles dias sombrios até o outro lado. Quando o navio finalmente encostou em terra firme, eu tive medo, mas estava pronta para enfrentar o maior desafio da minha vida.

• • •

Por um instante, não pude enxergar nada. A luz intensa machucava os olhos, me obrigando a fechá-los de tanta dor e aflição.

Desembarcamos em uma manhã de céu azul, no meio dos outros funcionários do barco, que nos protegeram com seus corpos dos olhares perigosos. Fazia quase um mês que não sentíamos o Sol no rosto. A claridade que eu tanto esperava agora era quase insuportável.

Minha mãe tentava encontrar o caminho pelas docas, ela também com as mãos em frente aos olhos para se proteger do excesso de luz. Antes de sairmos, uma funcionária nos entregou um cartão com um endereço e um pouco de dinheiro para que pudéssemos pegar um táxi. Nos deu boa sorte. Isso e umas poucas trocas de roupas era tudo o que tínhamos.

Fazia poucos dias que minha mãe tinha nos contado.

— Vamos para o Brasil — ela disse, sem explicar mais nada.

Não sei se esse era o destino que ela esperava. Mas eu nunca imaginei que um dia viria para cá. Muitos sonhavam com os Estados Unidos, o Canadá e os países da Europa. Ou com algum país africano, mais próximo e conhecido. Acho que ela, como Shafira e eu, só queria mesmo era chegar, seja lá aonde fosse.

No endereço do cartão, ensinaram minha mãe a conseguir documentos, e recebemos um pouco de dinheiro para comida até ela encontrar trabalho. Não tínhamos onde ficar, mas uma congolesa que estava por lá nos acolheu por uns dias na casa dela.

— É apertado, mas é melhor do que ficar na rua — ela disse.

A casa era pequena mesmo, tínhamos de dormir em colchões na sala e arrumar tudo pela manhã. Ficava também em um lugar distante e estranho.

Eu demorei muito tempo para descobrir como o Rio de Janeiro é uma cidade linda. Ver as montanhas arredondadas, o Pão de Açúcar, as lagoas e as praias. Acho que nunca vou achar uma cidade tão bonita como Goma no mundo. Mas o Rio tem outro tipo de beleza, que junta as montanhas de que eu tanto gosto com o mar azul que sempre imaginei.

Mas para onde fomos não tinha nada disso. Apenas um monte de casinhas miúdas e construções de dois ou três pisos sem reboco, grudadas umas nas outras, muito pobres também, embora de uma pobreza diferente da do Congo.

Vários congoleses moravam por perto, e o maior problema de todos eles era o mesmo de minha mãe: conseguir trabalho.

Sem trabalho e sem dinheiro, você vai passar fome no Brasil, no Congo ou em qualquer outro lugar.

Minha mãe tentou trabalhar com as coisas que sabia, nas escolas e empresas que precisavam de tradutores ou pessoas que falavam francês. O único emprego que conseguiu foi de faxineira em um mercadinho duas vezes por semana.

Ela queria estudar português, mas a escola onde ensinavam a língua para os estrangeiros era muito longe e não tínhamos dinheiro para o ônibus. E ainda havia o perigo.

Uma noite acordei com um barulho estranho fora de casa.

— O que foi isso, Malaika?

Shafira estava em pé com os olhos muito assustados. Nós conhecíamos bem aquele som. Eram tiros. Pensei nos grupos armados do Congo, na guerra. Será que eles também existiam aqui?

A dona da casa nos explicou depois que os tiros vinham de bandidos, de gangues ligadas ao tráfico de drogas. Podia não ser uma guerra como no Congo, mas dava medo do mesmo jeito, e não podíamos sair de casa à noite.

Com o dinheiro das faxinas, minha mãe alugou um quarto e uma sala em outra parte do bairro. Também conseguiu fazer algumas aulas de português e começamos a aprender juntas, um pouco nas aulas, um pouco sozinhas, um pouco na rua.

Mesmo assim, demoramos meses para acompanhar as aulas da escola. Shafira sofria mais ainda porque não tinha aprendido quase nada lá no Congo. As crianças caçoavam dela. Um dia, colaram um chiclete no cabelo da minha prima e tivemos de cortar uma mecha grande para tirar tudo.

Aquilo foi muito, muito triste. Mas foi nesse dia, enquanto minha mãe trançava o cabelo dela de um jeito diferente para disfarçar a falha, que minha prima teve a ideia.

— *Shangazi*, tia, por que você não arruma o cabelo das outras mulheres também?

Ela tinha razão. Lá em Goma, todo mundo elogiava as tranças e os penteados que minha mãe fazia em mim e nas minhas amigas.

Uma moça da nossa rua, que também veio do Congo, foi a primeira cliente. Depois vieram as outras. Nossa sala virou um salãozinho bem movimentado, principalmente à noite e aos sábados.

Minha prima era muito boa com os dedos e ajudava minha mãe depois das tarefas da escola. Eu não era tão ágil quanto ela, mas fazia o que podia. Eu me sentia bem e feliz entre aquelas mulheres. Eram todas negras como nós. Algumas clientes eram africanas; outras, brasileiras. Todas saíam tão lindas e orgulhosas!

A vida no Brasil ia melhorando aos poucos, mas nem assim deixávamos de pensar no Congo. Nossos pensamentos não saíam de lá, principalmente por causa de papai, Rafiki e Mbwana. A última notícia deles foi a mensagem de meu pai dizendo que iriam para Ruanda. Nunca soubemos se eles chegaram lá, se estavam bem e em segurança.

Sempre que mexia em um celular, eu procurava por eles nas redes sociais. Consegui fazer contato com alguns conhecidos, mas ninguém sabia da minha família. Sem nenhuma notícia, parecia que ela tinha desaparecido também no mundo virtual. Até que, um dia, de tanto insistir, eu encontrei algo.

Era uma foto de Rafiki. Estava muito maior do que eu me lembrava, com o cabelo de um jeito diferente, mas só podia ser ele.

Tive vontade de chamar minha prima e minha mãe, mas precisava ter certeza primeiro.

— Oi, Rafiki — escrevi, com os dedos tremendo.

A resposta demorou quase um dia inteiro.

— Malaika, é você?

Fiquei olhando um tempão para a mensagem, sem acreditar. Meus olhos se encheram de água, nem conseguia enxergar a tela direito. Era sábado à tarde e minha mãe terminava de trançar um cabelo longo com apliques. Comecei a soluçar e chorar tanto que ela parou o que estava fazendo.

— O que foi, *binti*? O que aconteceu?

Eu só consegui apontar para a tela do celular.

• • •

Papai e os meninos ainda viviam no campo de refugiados em Ruanda. Estavam com saúde, mas meus irmãos não podiam estudar e tinham medo de voltar para nossa casa em Goma.

Logo começamos a conversar sobre a vinda deles para o Brasil. Mas conseguir uma viagem para os três não era um desejo fácil de realizar, ainda mais quando sua família conta cada real que ganha no final do dia.

Minha mãe continuou com as faxinas, com o salão e passou a dar algumas aulas particulares de francês. Passaram-se meses. Depois um ano. Depois dois, três... Até o dia em que ela finalmente nos disse:

— Seus irmãos e seu pai chegam na semana que vem.

O dia marcado era um sábado. Minha mãe e eu acordamos cedo, preparamos um café da manhã bem gostoso, limpamos e deixamos tudo cheiroso e arrumado.

Shafira não podia ir conosco para o aeroporto. Era dia de Feira de Ciências na escola, e ela ia apresentar um trabalho sobre energias alternativas. Fazia um tempo que minha prima só pensava nesse assunto. Gostava de estudar Matemática, fórmulas de Física, aparelhos que produziam energia através do Sol e do vento, onde os fios e cabos não chegavam.

— Quem sabe um dia conseguimos levar luz para a aldeia da vovó? — ela dizia, sonhadora.

Era nisso que ela pensava sempre. Sabíamos que a família de Shafira continuava na mina. Mas quase nunca tínhamos notícias deles porque não podiam carregar o celular e era difícil conseguir sinal de internet.

— Com energia, vamos poder falar sempre com eles. As mulheres não vão precisar buscar lenha e correr tantos riscos. Não será preciso cortar as árvores das florestas. As pessoas poderão fazer outros tipos de trabalho — ela dizia.

É impossível viver totalmente em paz quando você tem uma parte da família isolada, correndo tantos riscos. Uma parte de você sempre está longe, preocupada com alguém.

Dizem que o mundo inteiro está na internet, mas não é verdade. Há lugares e pessoas invisíveis, que não aparecem nos mapas e nas fotografias das redes sociais. Lugares como as minas e as aldeias pequenas do Congo. Pessoas como os pais de Shafira. Como nossa *bibi*.

Eu pensava nessas coisas quando descemos do ônibus e entramos no Aeroporto do Galeão, no Rio de Janeiro. Muita gente se aglomerava diante do portão de desembarque, ansiosa para reencontrar pessoas queridas. Tanta coisa passava pela minha cabeça!

Durante todo esse tempo, desde que fugimos do escritório da mamãe em Goma, não passou um dia sem que eu me lembrasse deles. Das brincadeiras de Rafiki, do jeito carinhoso do papai, das conversas com ele e com Mbwana. De algum jeito, mesmo tão distantes, eles estiveram sempre a meu lado, me ajudando a compreender e sobreviver.

Então a porta de vidro se abriu, os passageiros começaram a sair puxando malas, carregando sacolas e com aquela expressão de expectativa no rosto.

Quando quase todos já estavam no saguão com seus familiares e amigos, eu avistei Rafiki, e depois Mbwana. Atrás deles, com os cabelos mais brancos mas o mesmo jeito tranquilo de sempre, vinha meu pai.

Senti a mão da mamãe apertar um pouco mais a minha. Estava quente, um pouco úmida, firme como sempre. Antes de soltá-la e correr para os braços de papai, eu já sabia.

Ela e eu tínhamos conseguido.

Cassiana Pizaia

Sou escritora e jornalista, duas formas de fazer o que mais gosto: descobrir, contar e criar histórias. Atuei em reportagem de TV e hoje trabalho com linguagens diversas. Entre meus livros para jovens, está *Terra apagada*, também publicado pela Editora do Brasil.

Rima Awada Zahra

Sou psicóloga, especialista em Psicoterapia, com experiência no atendimento de migrantes e refugiados. Também sou conselheira no Conselho Estadual dos Direitos dos Refugiados, Migrantes e Apátridas (Cerma). Além de minha atuação clínica, sou autora de literatura infantojuvenil.

Rosi Vilas Boas

Sou bibliotecária na UFPR e especialista em Educação. Atuei em bibliotecas escolares e sou produtora de conteúdo digital em portais de educação e da versão digital do Dicionário Aurélio de Língua Portuguesa. Há mais de 40 anos atuo na defesa dos Direitos Humanos.

Juntas, publicamos as coleções Crianças na Rede e Mundo sem Fronteiras, incluindo *Layla, a menina síria* e *O Haiti de Jean*, que receberam o selo "Altamente Recomendável" e integraram o catálogo FNLIJ da Feira de Bologna em dois anos consecutivos (2019 e 2020). *Layla, a menina síria* também foi selecionado para o PNLD Literário 2020, além de ter ficado em 3º lugar no Prêmio Biblioteca Nacional – Categoria Juvenil, em 2019. *O Haiti de Jean* conquistou o 2º lugar no mesmo prêmio em 2020.

Raemi
Meu nome é Jassuele, tenho 21 anos e sou autista. Nasci na comunidade de Barros Filho, no Rio de Janeiro. Raemi é um anagrama do meu sobrenome – Meira – , virando assim o meu nome artístico. Sou ilustradora, fotógrafa, tradutora e *designer*. Minha arte é focada em pessoas pretas, cenários urbanos e momentos geralmente não tão "relevantes" ao olhar do expectador no cotidiano.

Este livro foi composto com a
família tipográfica The Serif, para
a Editora do Brasil, em 2022.